AF140144

Para la querida Bárbara mía !

Einleitung

Heute hört man, sieht man, liest man von so viel Negativem im menschlichen Umfeld. Dieses Buch soll zeigen, dass es auch viel Positives gibt und es möchte dazu noch manche Anregung geben …

Wolfgang Haas

Alltags -
Romantik ?

31 amüsante, spannende Kurzromane,
leicht zu lesen, recht unterhaltsam

Bibliografische Information der Deutschen Nationalbibliothek:
Die Deutsche Nationalbibliothek verzeichnet diese Publikation in der Deutschen Nationalbibliografie; detaillierte bibliografische Daten sind im Internet über http://dnb.dnb.de abrufbar.

© 2013 **Haas, Wolfgang / Hemmingen**

Herstellung und Verlag:
BoD – Books on Demand, Norderstedt
ISBN: 978-3-7322-4663-2

Inhalt

Wolfgang Haas

Alltags-*Romantik*?

Wolfgang Haas

Alltags-*Romantik*?

An der Tankstelle

Anja war mit dem Auto unterwegs; sie hatte noch einen wichtigen Termin wahrzunehmen. Da leuchtete sie wieder auf - die Füllstandsanzeige des Benzintanks. Nun war ihr klar, dass sie, so bald wie möglich, Benzin auffüllen musste. Wie gut es doch ist, dachte sie, sich in dieser Gegend ein bisschen auszukennen: In der nächsten Ortschaft wusste sie nämlich eine Tankstelle, eine „Freie" sogar; diese wäre auch noch ein kleiner Vorteil für ihre Haushaltskasse.

An der Tankstelle. Ein paar Autos waren schon da. In der zweiten Reihe gab es noch einen freien Platz. Das passte gerade. Während sie Benzin einfüllte, hatte sich hinter ihr ein weiterer PKW angestellt. Als sie fertig war, zog sie ihren Wagen etwas vor, damit das hintere Fahrzeug bis zur Zapfsäule vorfahren konnte. Sie betrat den Kassenraum. Vor ihr hatten sich bereits zwei Kunden angestellt, also musste sie sich noch ein wenig gedulden. Ihr Blick ging etwas gelangweilt zum Schaufenster hinaus. Da sah sie in der parallelen Tankreihe einen Fahrer jüngeren Alters, der gerade den Zapfschlauch wieder zurückhängte. Offensichtlich hatte er das Auftanken beendet, dachte Anja und weiter überlegte sie: Er wird dann jetzt wohl auch gleich hier zum

Bezahlen erscheinen. Nun - er setzte sich ins Auto. Anja folgte: Der wird jetzt ebenfalls ein Stückchen vorziehen, wie ich zuvor, um die Zapfsäule freizumachen. Aber - er hielt nicht an, sondern brauste mit quietschenden Reifen vom Platz. „Der hat nicht bezahlt, dieser Betrüger!", rief sie laut. Die Umstehenden schauten sie fragend an. Dann drängte sie kurzerhand zur Kasse: „Zapfsäule 5 - hier 70,- € - das Rausgeld hole ich mir später! Draußen ist gerade ein rotes Auto abgehauen - ohne Bezahlung, ich versuche es zu stoppen!" Und schon war sie weg.

Der junge Kassierer hatte gleich gemerkt, dass hier etwas nicht stimmte und schaute Anja mit offenem Mund nach. Da meldete sich ein weiterer Kunde ganz aufgeregt: „Dann habe ich also doch richtig gesehen, dass der rote PKW nach dem Tanken sofort weggefahren ist!" In der Zwischenzeit war Anja mit ihrem kleinen Flitzer weggedüst. Der Kerl kann eigentlich nur diese Richtung genommen haben, überlegte sie; also nichts wie los! Rasch aus der Ortschaft heraus und ab auf die Landstraße. Nun konnte sie mal wieder ausprobieren, was sie gelernt hatte, als Testfahrerin des nahen Sportwagenherstellers. Wie bei einem Rennen fühlte sie sich jetzt. Gott sei Dank, dass es kaum Gegenverkehr gab, so konnte sie die Kurven richtig schnell angehen.

Jetzt sah sie das rote Auto, wie es ziemlich weit vorne um eine Kurve verschwand. Gut, sagte sie zu sich selbst, dass ich gerade diese Straße gewählt habe. Sie gab noch mehr Gas. Nach einigen Kurven hatte sie das flüchtende Fahrzeug tatsächlich schon ziemlich dicht vor sich. Auf jeden Fall konnte sie die Autonummer gut lesen. Da fasste sie einen verwegenen Entschluss: Ich überhole den Wagen, fahre ein gutes Stück vor und stelle mich dann an einer übersichtlichen Stelle quer über die Fahrbahn. So, als ob ich eben geschleudert wäre und jetzt ein Problem mit dem Fahrzeug hätte. Gesagt, getan und - sie hatte großes Glück - es funktionierte. Der rote Wagen musste stoppen, der Fahrer stieg aus und fragte besorgt: „Kann ich Ihnen helfen? Was ist denn passiert?" Anja schwindelte: „Mein Auto läuft nicht mehr. Ich bin einem Reh ausgewichen, habe es aber leider trotzdem noch irgendwie erwischt und mich hat es dabei gedreht. Das Reh ist dort drüben verschwunden"; sie zeigte in Richtung des nahen Waldes. „Das Tier hinkte ziemlich. Ich muss das sofort der Polizei melden - wegen des Tieres." Der Fahrer des roten Autos stimmte arglos zu. Anja kramte ihr Handy aus der Handtasche und begann 110 zu wählen …

Was weder sie noch er wussten, war, dass sich die Polizei schon auf dem Wege zu ihnen befand. Denn gleich, nachdem Anja die Tankstelle verlassen hatte, wollte sich dort einer der

Beamten des Streifenwagens eine Süßigkeit kaufen und traf den sehr aufgeregten Kassierer an. Nach dessen knapper Erklärung brauste das Polizeifahrzeug davon und auch noch zufällig in die gleiche Richtung, wie Anja zuvor. Und so war es absolutes Glück, dass die Polizei schon jetzt an der vermeintlichen Unfallstelle eintraf. Beide Polizisten sprangen aus ihrem Fahrzeug: „Ja, was ist denn hier los?", war, wie aus einem Munde, ihre Frage. Sie konnten kaum glauben, dass sie das vom Kassierer der Tankstelle beschriebene Fahrzeug nun schon vor sich hatten. Anja - ganz aufgeregt: „Dieser Mann hat seine Tankrechnung geprellt und ich bin ihm nachgejagt und habe ihn gestoppt." Der Fahrer des roten PKW brachte seinen Mund vor lauter Staunen nicht mehr zu. „Verflucht", zischte er in Richtung Anja, „Sie haben mich aber ganz schön ausgetrickst." Einer der Polizisten legte ihm sicherheitshalber Handschellen an. „So", sagte dieser „und Ihr Fahrzeug ist vorläufig beschlagnahmt. Ich rufe noch einen weiteren Streifenwagen herbei, damit Ihr Auto gleich weggebracht wird und wir fahren dann miteinander zur Tankstelle zurück."

An der Tankstelle angekommen, bat ein Polizist alle Kunden, doch für kurze Zeit den Kassenraum zu verlassen, es sei etwas Wichtiges zu klären. Danach kamen der andere Polizist mit Anja und dem Tankpreller noch hinzu. Letzterem hatte man eine Jacke über die Handschellen gelegt, so dass er nicht gleich bloßgestellt war. Ein Polizist öffnete die rechte Seite der Handschelle und forderte den Betrüger auf, seine Tankrechnung zu begleichen, was dieser auch sofort befolgte. Vor ihrer Ankunft hatte an der Kasse das Personal gewechselt. Anstatt des Kassierers war jetzt eine junge Frau zuständig. Anja vermutete, dass es die Frau des Kassierers ist. „Hier", bemerkte diese gleich zu Anja, „ist noch die Quittung und das Rausgeld vom Tanken."

Die Polizisten fertigten in einem Nebenraum ein Protokoll aus und bedankten sich bei Anja für ihr beherztes Eingreifen. Den Betrüger nahmen sie mit zur Wache. Die Kassiererin sprach Anja ebenfalls sehr herzlich ihren Dank aus und nahm sie dabei in den Arm. Sie wies darauf hin, dass solche Betrugsvorgänge leider häufiger stattfinden, aber es praktisch nie zu einem Happyend kommt, so, wie heute. Für den Verlust müsste das Kassenpersonal selbst aufkommen. Die Tankstelle sei nicht von ihnen gepachtet. Man erwarte von ihnen stets absolute Disziplin und Wachsamkeit - dann würde so was auch nicht passieren - belehre man sie immer. „Könnten wir uns nicht näher kennen lernen?", fragte die Kassiererin. „Ja, warum nicht", so Anja. Die beiden Frauen hatten gleich vom ersten Moment an Sympathie füreinander empfunden. „Dann kommst Du doch am Besten gleich nächsten Sonntagabend zu uns", meinte die junge Frau - „wenn das bei Dir so passt? Oh, jetzt habe ich versehentlich Du gesagt, Entschuldigung!" „Nein, nein, das ist in Ordnung; wir sollten auch gleich dabei bleiben", meinte Anja. „Ich bin Anja." „Und ich Daniela." Sie lachten und gaben sich ein Küsschen auf die Wange. „Dann bis Sonntag; ich werde für uns ein schönes Abendessen bereiten", schloss Daniela.

Am Sonntagabend dann, als Anja an Danielas Türe klingelte, öffnete der junge Tankstellen-Kassierer. „Hallo", sagte sie leicht verlegen, „eigentlich wollte ich zu Daniela." „Ja, ja, das ist schon richtig, ich weiß Bescheid, wir haben Sie erwartet", war seine Antwort. Aha, dachte Anja gleich, die Beiden sind also ein Paar. Sie wurde hereingebeten. Da kam Daniela auch schon aus der Küche. Es folgte eine herzliche Begrüßung.

Das Essen schmeckte vorzüglich, man unterhielt sich gut und mit Maxi, so hieß der junge Mann, war Anja auch schnell auf Du. Er entpuppte sich als ein guter Unterhalter und überhaupt als ein angenehmer, netter Kerl. Er interessierte sich sehr für Anja, vor allem für ihr Vorgehen, wie sie den Tankpreller stoppte. Anja dachte: Der interessiert sich eigentlich fast zu viel für mich, nachdem er doch der Partner von Daniela ist. Da mischte sich Daniela in ihre Unterhaltung ein: „Maxi, Du könntest Dir ja von Anja mal die Strecke zeigen lassen, die sie fuhr und wie sie das anstellte, um den Burschen zum

Halten zu bringen. Mein Angebot: Ich mache in der Zwischenzeit Kaffee und Kuchen zurecht." „Aber" - begann Anja, „ich weiß ja gar nicht, ob er das überhaupt will." „Doch, doch, mein Bruder hat immer wieder mit mir darüber gesprochen, wie das wohl so ablief und …" Bei dem Wort Bruder hatte Anja aufgehorcht: Ihr Bruder ist er also, das ist ja nicht schlecht …

Anja und Maxi machten sich auf den Weg und fuhren die Strecke ab, wobei sie ihm auch den Schleudervorgang, mit dem sie ihren Flitzer quergestellt hatte, naturgetreu demonstrierte. Maxi war von Anja noch mehr beeindruckt, als zuvor und meinte: „Das gefällt mir schon, könnten wir das mal wieder so machen?" Worauf sie, leicht errötend, erwiderte: „Von mir aus jeden Tag." Er - etwas verlegen: „Ich nehme Dich beim Wort!" Anja: „Gut!"

Wolfgang Haas

Alltags-*Romantik?*

Auf dem Jahrmarkt

Monika hatte gehört, dass im Nachbarort Jahrmarkt ist. Sie beschloss hin zu gehen, um endlich mal wieder etwas Zerstreuung und Entspannung zu finden. In den letzten Wochen hatte sie besonders viel zu tun: Ihre Abteilung zog um und wurde dabei auch noch gleich neu organisiert. Als Gruppenleiterin war sie da natürlich richtig gefordert. Dann war sie seit einiger Zeit wieder alleine: Sie hatte sich von ihrem Freund getrennt, nachdem es immer deutlicher wurde, dass beide doch zu unterschiedliche Charaktere hatten. Und da hoffte sie nun umso mehr, sich durch den Marktbesuch etwas zu erholen.

Von Weitem schon war flotte Musik zu hören, das Lachen der Menschen und dazu die Rufe der Markthändler, die ihre Ware anpriesen. Schon war Moni mitten im Getümmel. Ha, das tat gut. Plötzlich verspürte sie einen richtigen Hunger. Darum hielt sie erst einmal Ausschau nach einer Wurstbraterei. Diese brauchte sie auch nicht lange suchen: Sie ging einfach dem Geruch nach. Schon ließ sie sich eine herrliche Bratwurst - mit viel Senf natürlich - schmecken. Nun fühlte sie sich schon deutlich besser.

Mal sehen, was es sonst noch an Gutem gibt, dachte sie und begann einen Streifzug durch den Markt. Da fühlte sie plötzlich, wie eine kleine Hand nach ihrer rechten Hand griff. Sie erschrak und schaute nach unten. Ein kleines Mädchen, mit verweinten Augen, blickte zu ihr auf. „Ich habe meinen Papa verloren", jammerte sie, „kannst Du mir helfen, ihn zu suchen?" „Ja, natürlich", sagte sie spontan zu der Kleinen, darüber verwundert, dass das Kind gerade sie angesprochen hatte. Es war ein hübsches, süßes Ding und Monika fühlte sich sofort zu ihr hingezogen. Sie schätzte das Mädchen auf 4-5 Jahre. „Ja, wie heißt Du denn?", fragte Monika. „Ich bin Lenja." „Lenja, Du brauchst nicht mehr weinen, ich helfe Dir, Deinen Papa zu finden" und Monika schaute die Kleine lieb an. Diese hatte ihre Hand bis jetzt nicht losgelassen und hielt sie nun noch fester. „Wo ist denn Deine Mama?" „Mama lebt nicht mehr, sie starb bei einem Verkehrsunfall." Das Kind begann richtig zu schluchzen. Monika legte ihren Arm um die Kleine und drückte sie fest an sich.

„Jetzt fragen wir erst einmal bei der Marktaufsicht nach, Dein Papa hat dich dort bestimmt schon als vermisst gemeldet", so Monika. Und tatsächlich, es war so. Der Papa wollte in ungefähr einer halben Stunde wieder zurück sein. Bis dahin sei er unterwegs, um nach seinem Töchterchen Ausschau zu halten, wurde ihnen gesagt. Lenja schaute Moni plötzlich mit großen Augen an und fragte sie dann ganz treuherzig: „Willst Du nicht meine neue Mama werden?" Moni schluckte - sie hatte einen richtigen Kloß im Hals. Was soll ich dem Kind jetzt nur sagen, überlegte sie. „Weißt Du", war schließlich ihre Antwort, „da musst Du erst Deinen Papa fragen und wir müssen natürlich auch zusammen passen, Dein Papa und ich." Da meinte das Kind: „Aber ich mag Dich jetzt schon ganz arg und mein Papa wird Dich bestimmt auch mögen."

Moni war richtig verwirrt: Sie fühlte sich mit dieser Situation einfach überfordert. Da betrat ein jüngerer Mann das Büro der Marktaufsicht. Er schaute sich besorgt um. „Papa!", rief da plötzlich die Kleine, riss sich von Monika los, stürzte zu dem Mann hin und umschlang mit ihren Ärmchen seine Beine. Der Mann hob sie hoch und küsste sie. „Papa", sagte Lenja ganz ernsthaft, „ich habe eine neue Mama gefunden", wobei sie auf Monika zeigte. Diese stand ganz verlegen da und war völlig sprachlos. Sie war näher am Weinen als am Lachen. Der Mann schaute sie an - „haben Sie meine Lenja hergebracht?" Sie konnte nur mit einem leisen „Ja" antworten. Er setzte die Kleine ab, ging zu Moni und schüttelte ihr fest die Hand, „vielen, vielen Dank!" „Papa, ich mag sie ganz arg", brach es aus Lenja heraus. Papa schaute auf die junge Frau, die leicht errötete und sagte dann: „Ich denke, wir sollten uns irgendwo einen freien

Tisch suchen und vielleicht etwas essen und trinken und vor allem - so glaube ich - miteinander reden." Er, als auch Monika hatten das Gefühl, dass sich in diesen Augenblicken etwas ganz Wichtiges für sie Drei zu entwickeln begann.

Autostopp

Zu dumm, gerade jetzt sprang der Motor nicht an! Ina wohnte am Rande des Dorfes und musste noch schnell in die Stadt fahren. Sie konnte sich immer auf ihr kleines Auto verlassen, aber jetzt schien es zu streiken. Es war schon später Abend und der Bus war bereits weg. Was sollte sie machen? Der nächste Bus kam erst in einer Stunde und sie hatte es eilig. Dann stelle ich mich eben auch einmal an die Straße, ging es ihr durch den Kopf und mache auf Anhalterin.

Und da wartete sie jetzt auch schon eine viertel Stunde und hatte sich dabei schon ziemlich vom Dorf entfernt, weil sie nicht auf der Stelle verharren wollte - der Bewegung wegen. Es kam zwar immer wieder ein Fahrzeug, aber keines hielt. Da! - endlich stoppte ein Auto. Sie lief hin, öffnete die Beifahrertüre und brachte ihr Anliegen vor. Während sie sprach, fühlte sie, dass das nicht der richtige Fahrer für sie ist. Er schaute sie zwar freundlich an, aber zugleich war irgendwie etwas Ungutes in seinem Blick. Sie hatte sich ein wenig in den PKW hineingebeugt und dabei mit der rechten Hand auf dem Autositz abgestützt. Plötzlich war ihr, als ob eine innere Stimme zu ihr sagte, sie solle sich unbedingt zurückziehen. Das musste der Fahrer wohl erahnt haben, denn er griff blitzschnell mit seiner rechten Hand nach der ihrigen und hielt diese mit eisernem Griff fest. Ina schrie vor Schreck auf und versuchte sich loszureißen, kam aber nicht frei. In ihrer Not beugte sie sich noch etwas weiter in das Fahrzeug und knallte ihm ihre linke Faust ins Gesicht. Wie gut, so jagten ihre Gedanken, dass ich noch immer in der Volleyball-Mannschaft spiele und dadurch flink reagieren kann. Der Mann fluchte und ließ sogleich ihre Hand los. Schnell zog sie sich aus dem Auto zurück, flüchtete in den an die Straße grenzenden Wald und versteckte sich dort im Gebüsch.

Es war inzwischen schon ziemlich dunkel geworden, trotzdem konnte sie erkennen, dass der Fahrer aus dem Auto stieg und den Waldrand nach ihr absuchte. Erst jetzt bemerkte sie, dass sie am ganzen Körper zitterte. Gleichzeitig wurde ihr so richtig bewusst, in welcher Gefahr sie schwebte. Sie wagte kaum zu atmen und erst recht nicht, sich zu bewegen. Der Mann ging zum Auto zurück, beobachtete aber weiterhin aufmerksam den Waldrand. Plötzlich näherte sich lautes Motorengeräusch, wohl von einem schweren Fahrzeug herrührend. Diesen Umstand nützte Ina aus, um noch weiter in den Wald hinein zu flüchten. Dort verharrte sie längere Zeit. Hätte ich doch bloß mein Handy eingesteckt, dann könnte ich wenigstens Hilfe herbeirufen, raste es durch ihren Kopf. Aber dieser Vorwurf nützte ihr nun herzlich wenig; sie musste unbedingt eine Lösung finden.

Endlich kam ihr der Gedanke, sich im Wald eine deutliche Strecke in Richtung ihres Dorfes durchzuschlagen, um dann wieder vor zur Straße zu gehen. So wäre sie hinter dem PKW und falls der Fahrer sie mit dem Auto verfolgen wollte, müsste er erst das Fahrzeug wenden und da wäre sie längst wieder im sicheren Wald verschwunden. Gesagt, getan, aber wie groß war ihr Schreck - sie kam relativ nah hinter dem Auto an die Straße. Ihr Verfolger, das konnte sie gerade noch, trotz der Dunkelheit, erkennen, harrte regungslos neben seinem Fahrzeug. Ina beschloss, einfach auch an ihrem Platz zu bleiben - der Mann würde ja wohl nicht die ganze Nacht hier verbringen wollen. Aber sie schien sich zu irren, denn nach einer Stunde stand er immer noch da! Sie konnte fast nicht mehr ruhig stehen, weil ihr die Beine schmerzten. Jetzt bemerkte sie zu ihrem Entsetzen, dass sich der Mann langsam in ihre Richtung hin bewegte. Ob er wohl etwas gesehen hatte? Aber es war doch so dunkel, man konnte kaum noch Umrisse sehen und sie hatte sich ja ganz ruhig verhalten. Jetzt bekam sie es richtig mit der Angst zu tun. Was soll ich machen? Wieder in den finsteren Wald hinein? Das wollte sie auf gar keinen Fall mehr; bei diesem Gedanken wurde ihr noch mehr unwohl!

Was ist denn nur los? Als sie zuvor im Wald war, hörte sie wenigstens immer wieder ein Fahrzeug vorbeikommen, aber jetzt - kein Auto mehr. Das gibt es doch nicht! Gut, sie wusste sehr wohl, dass diese Straße relativ wenig befahren wird, aber trotzdem … Halt! - ein Geräusch, ein Martinshorn? Es näherte sich ziemlich rasch. Da kam schon ein Fahrzeug um die Kurve, das Blaulicht war zu sehen. Kommt da die Feuerwehr, oder ein Rettungswagen, oder gar die Polizei? Egal, überlegte sie rasch, ich stelle mich jetzt einfach mitten auf die Straße und stoppe dieses Fahrzeug. Es ist meine einzige Möglichkeit, um hier wegzukommen. Sie sprang auf die Fahrbahn und fuchtelte wie wild mit den Armen. Das Fahrzeug hielt mit kreischenden Bremsen; es war die Feuerwehr. Gott sei Dank, ich bin gerettet! Der Fahrer rief vom Führerhaus herunter: „Was ist los? Warum halten Sie uns auf? Wir haben große Eile, wir sind gerade mitten in einer wichtigen Übung!" „Bitte, bitte, helfen Sie mir, der Mann dort vorne lauert mir auf; ich bin ihm nur knapp entkommen." Der Mann war inzwischen in sein Auto gestürzt und flüchtete mit laut quietschenden Reifen. „Kommen Sie schnell hoch", rief der Fahrer, „vielleicht können wir ihn noch irgendwie stoppen." Sein Beifahrer sprang herunter und half ihr nach oben.

Nun war sie in Sicherheit, oben, im Führerhaus, zwischen den beiden Feuerwehrmännern.

Das Fahrzeug war inzwischen wieder in voller Fahrt. Sie konnte sich jetzt nicht mehr länger beherrschen und begann leise zu weinen. Der Beifahrer suchte vorsichtig ihre Hand. „Seien Sie nur ganz ruhig", sagte er, „Sie sind bei uns in Sicherheit." Nach einer längeren Pause begann Ina - ohne Aufforderung - das Geschehene zu berichten. Die Männer hörten aufmerksam zu. Plötzlich sagte der Fahrer: „Ich glaube, wir kennen uns, bist Du nicht die Ina Neumann?" „Ja, aber wieso … ?" Und dann stellte sich heraus, dass er der Volker Friedrich ist, mit dem sie zur Realschule ging; danach verloren sie sich aber aus den Augen. Für ihn hatte sie schon immer ein bisschen geschwärmt und sie hatte es gespürt, er auch für sie … Aber darüber sprachen sie nie miteinander - ob sie jetzt wohl die ihnen, so unverhofft, gebotene Möglichkeit dazu ausnützen werden?

Wolfgang Haas

Alltags-*Romantik*?

Autounfall

Freitagabend. Lara fuhr nach getaner Arbeit mit dem Auto in Richtung ihrer Wohnung. Sie fühlte sich rechtschaffen müde, denn heute hatte sie wieder einmal so richtig viel zu tun. Aber - Gott sei Dank - jetzt begann das Wochenende. Es war Herbst und die Nacht brach langsam herein. Gerade ging es durch ein kleines Waldstück. In Gedanken hatte sie es sich schon zu Hause bequem gemacht. Da! - plötzlich, keine 15 m vor ihr, sprang ein Reh von rechts auf die Straße. Lara trat kräftig auf das Bremspedal. Dabei kam sie auf der feuchten Straße nach rechts, auf das Bankett und - so schnell konnte sie das gar nicht realisieren - war sie auch schon die flache Böschung hinunter und stand jetzt wieder auf ebenem Boden. Zum Glück befanden sich keine Büsche, oder gar Bäume im Weg, so dass das Auto hoffentlich keinen größeren Schaden davon getragen hatte. Das waren die Gedanken, die ihr durch den Kopf schossen. Der Motor lief nicht mehr, die Außenbeleuchtung brannte noch. Lara atmete erst einmal tief durch und stellte erleichtert fest, dass sie unverletzt war. Jetzt betätigte sie den Schalter für die Innenbeleuchtung. Das Licht ging an; sie fühlte sich gleich besser.

Zu ungefähr gleicher Zeit hatte Tom nach der Arbeit noch schnell einen Einkauf im Supermarkt getätigt und steuerte nun zufrieden sein Auto auf die Landstraße. Es war schon ziemlich dämmrig. Bald wird er zu Hause sein. Er wohnte am Rande des nächsten Dorfes, in einem gemütlichen Haus. Aus dem Autoradio tönte gerade seine Lieblingsmusik. Er freute sich auf zu Hause und erst recht auf das Wochenende. In diesem Moment fuhr er durch ein kleines Wäldchen. Was war denn das? Eine Reifenspur zog sich über das Bankett und - das konnte er gerade noch im Vorbeifahren sehen - ein Auto, mit eingeschalteter Beleuchtung, stand deutlich tiefer, als die Straße. Es musste wohl kurz zuvor die Böschung hinunter gefahren sein. Tom stoppte sofort, legte den Rückwärtsgang ein und fuhr so weit zurück, bis er in Höhe des havarierten Fahrzeugs war. Viel konnte er von Weitem nicht erkennen, obwohl die Innenbeleuchtung eingeschaltet war. Halt! - da saß doch jemand hinterm Steuer! Nichts wie raus aus dem Auto und hin. Es war eine jüngere Frau; sie wirkte etwas hilflos. Tom öffnete vorsichtig die Autotüre und fragte: „Sind Sie verletzt? Ist Ihnen etwas passiert?" Sie blickte ihn an und schüttelte den Kopf. „Soll ich die Polizei rufen? Soll ich Sie ins Krankenhaus bringen?" Sie schüttelte wieder den Kopf. „Gut", sagte er, „dann werde ich Sie wohl nach Hause bringen müssen. Um Ihr Fahrzeug kümmere ich mich später."

„Übrigens, ich bin Tom, Tom Schneider. Bitte, steigen Sie doch aus, ich helfe Ihnen dabei." „Lara Meier", murmelte sie und stieg vorsichtig aus dem Auto. Ihre Handtasche hatte sie unter den Arm geklemmt. Er half ihr die Böschung hoch und dann auch beim Einsteigen in sein Auto. „Oh, der Autoschlüssel", sagte Tom, „ich muss noch mal zu Ihrem Wagen." Dort zog er den Schlüssel aus dem Zündschloss, schaltete die Außen- und Innenbeleuchtung aus und schloss den Wagen ab. Rasch ging er zu seinem Auto zurück. Die „Mitfahrerin" hatte sich zwischenzeitlich angegurtet. Also, dachte er, geht es ihr doch nicht so schlecht; ich nehme das erst mal als ein gutes Zeichen. „So, wo fahren wir nun hin?", fragte er sie, aber Lara war nicht in der Lage, ihm den Weg zu ihrer Wohnung vollständig zu beschreiben. „Wissen Sie was?", meinte er da kurzentschlossen, „ich nehme Sie zu mir nach Hause - aber nur, wenn Sie damit einverstanden sind. Dort könnten Sie sich erst mal von Ihrem Schrecken erholen und ich kann Sie gut im Auge behalten. Vertrauen Sie mir ruhig, ich will nur Ihr Bestes." Mit einem leisen „Ja" stimmte sie zu; sie fühlte sich bei ihm irgendwie geborgen.

Als Lara schließlich bei Tom zu Hause in einem Sessel saß, schloss sie vor Müdigkeit die Augen. Er bemerkte ihre Erschöpfung und bot ihr an, sich auf die Couch zu legen. Das tat sie und schlief auch gleich ein. Nun hatte er Gelegenheit, seinen fremden „Gast" mal in Ruhe zu betrachten. Lara hatte ein hübsches, fein geschnittenes Gesicht, ein Grübchen im Kinn und kleine Sommersprossen auf Nase und Wangen, die gut zu ihrem kastanienroten Haar passten. Das Haar war mittellang und leicht gekraust. Wie sie so da lag, wirkte sie recht schlank. Ihr Alter schätzte er auf 30 - 35 Jahre, also so in etwa wie er selbst war. Tom lächelte: Dass so etwas „Hübsches" bei ihm zu Hause auf der Couch lag! Gleichzeitig hatte er das angenehme Empfinden nicht mehr alleine zu sein.

Jetzt riss er sich von all' diesen Gedanken los. Sie hat bestimmt Hunger, wenn sie aufwacht, dachte er. Und ich selbst bin auch hungrig. Ich muss etwas herrichten für uns beide - und schon stand er in der Küche. Was soll ich zubereiten?, fragte er sich. Auf was könnte sie Appetit haben? Er zuckte mit den Schultern. Vielleicht auf eine Suppe? Möglich; er wählte seine Lieblingsfertigsuppe und brühte diese mit kochendem Wasser auf. Für danach steckte er zwei Pizzen in den Backofen. Leise und schnell deckte er den Tisch.

Eine halbe Stunde verging noch, dann schlug Lara die Augen auf. Wo bin ich?, fragte sie sich, aber gleich fiel ihr wieder alles ein. Sie richtete sich leise auf und schaute um sich. Recht gemütlich ist es hier, dachte sie. Tom saß in einer Ecke und las in einem Buch. Sie musterte ihn, ohne dass er es bemerkte. Ein netter, lieber Kerl, fand sie. Er fühlte nach einigen Momenten ihren Blick und schaute auf. „Hallo, wie geht´s?", fragte er. „Danke, gut!", war die Antwort. „Haben Sie Hunger? Ich habe etwas vorbereitet für uns beide, aber ich weiß nicht, ob es Ihnen schmecken wird. Wollen Sie zu Tisch kommen? Ich schöpfe derweil die Suppe in die Tassen." „Oh, eine Suppe, wie fein, ich mag Suppen!" Sie kostete: „Hm, die wird mir gut tun, danke!" Danach servierte er die Pizzen. „Schön sehen die aus", meinte sie „und schmecken sicherlich auch so!" Sie schmeckten! „Was trinken Sie? Mineralwasser, Bier, Wein?", fragte Tom. Sie entschied sich für Bier; er schloss sich an. Plötzlich fragte sie: „Warum machen Sie das eigentlich alles? Ich meine, warum machen Sie sich so viel Mühe um mich? Sie kennen mich doch gar nicht." Er: „Das ist eine gute Frage - ich bin da so hineingeschlittert. Als ich die Reifenspur sah und dann Ihr Auto, abseits der Fahrbahn im Wald, da wollte ich einfach nur helfen. Und dann hat sich alles so entwickelt, wie es jetzt ist. Aber eigentlich bin ich froh, dass es so kam." „Warum froh?", fragte sie. „Ja, dann hätte ich Sie doch gar nicht kennen gelernt und - ich finde es jetzt einfach schön, Sie hier zu haben", setzte er hinzu. Lara wurde leicht verlegen: „Oh, danke!"

Es war schon spät geworden, da bot ihr Tom an, sie nach Hause zu bringen, sie könne aber auch gerne hier, auf der Couch, schlafen. Lara entschied sich für hier. „Gut, dann hole ich jetzt das Bettzeug und dann wird erst mal über die ganze Sache geschlafen. Und morgen versuchen wir, Ihr Auto aus dem Wald zu bergen. Übrigens - im Badezimmer lege ich alles bereit, was Sie für Ihre Toilette brauchen. Schlafen Sie recht gut!" „Danke, Sie auch und - vielen Dank - für heute!" Sie lächelte.

Am Morgen begann Tom das Frühstück zu bereiten. Aus dem Radio klang leise Musik. Lara wachte daran auf, huschte ins Bad und machte sich schnell zurecht. Dann gesellte sie sich zu Tom. „Hallo, guten Morgen." „Na", entgegnete er, „wie geht es Ihnen heute? Haben Sie gut geschlafen?" „Ja, sehr gut sogar", gab sie zur Antwort. „Das freut mich für Sie! So, dann wollen wir uns zu Tisch setzen und frühstücken", meinte Tom. „Zu zweit schmeckt es bestimmt viel besser", fügte er noch an. „Da kann ich Ihnen nur zustimmen", war Laras Antwort. „Sie sind auch alleine?" „Ja, wieder." „Da geht es uns ja gleich", so Tom.

Nach dem Frühstück brachen sie auf, um Laras Auto zu holen. Tom sagte, dass es wohl besser wäre, wenn sie gleich, zur Eingewöhnung, seinen Wagen steuern würde. Er möchte nämlich gerne nachher ihr Auto fahren, um zu testen, ob noch alles in Ordnung sei. Sie fand den Vorschlag gut.

Das Auto war auf einem Feldweg, der parallel zur Straße, aber etwas tiefer lag, zum Stehen gekommen. Wie er feststellte, blieb es bis jetzt unbehelligt - auch von der Polizei - sonst hätte sich bestimmt irgendeine entsprechende Mitteilung hinter dem Scheibenwischer befunden …! Tom konnte den Motor mühelos starten. Danach brauchte er nur noch ca. 200 m weit vorzufahren; dort führte der Feldweg nach oben und mündete in die Landstraße. Lara sah ihn in die Straße einbiegen und schloss gleich zu ihm auf. Mit hochgestrecktem Daumen signalisierte er, dass alles o.k. sei. Sie atmete auf. Wie froh war sie doch, dass ihr Auto noch lief. Nun fuhren sie hintereinander zu Tom´s Haus zurück. Unterwegs war kein Problem zu erkennen. Also - so dachte Tom - hatte sie bei allem noch ganz schön Glück gehabt! Zu Hause konnte er ihr berichten, dass ihr PKW - so weit bisher feststellbar - in Ordnung sei. Lara blickte Tom mit großen, dankbaren Augen an. Dann schloss sie ihn - ganz spontan - in ihre Arme und sagte leise: „Danke, danke, vielen Dank!" Als sie wieder los ließ, fragte sie augenzwinkernd: „Was bin ich nun eigentlich meinem großen Helfer schuldig?" Tom: „Aber - ich bitte Sie" und winkte ab, „es war mir fast ein richtiges Vergnügen!"

„Ja, dann - ich werde mich jetzt wohl verabschieden, nachdem ich Sie schon so lange in Anspruch genommen habe", meinte sie, „aber ich würde mich doch ganz gerne für Ihren Einsatz revanchieren. Vielleicht …" Da fiel ihr Tom ins Wort: „Apropos schuldig sein, Sie könnten mir doch beim Mittagessen Gesellschaft leisten. Ich koche uns was Gutes, kochen ist nämlich mein Hobby. Und außerdem - wir hatten überhaupt noch keine Gelegenheit uns näher kennenzulernen." Sie überlegte kurz: „Gut, abgemacht, aber ich sollte vorher noch zu Hause nach dem Rechten sehen. In einer knappen Stunde bin ich wieder zurück." Tom: „Einverstanden, dann bis nachher."

Und sie war genau nach einer knappen Stunde wieder da - mit einer Flasche Champagner unterm Arm. „Die ist für uns, wir müssen doch noch ein bisschen unsere Begegnung feiern" und reichte ihm die Flasche. Da legte Tom ganz behutsam seinen rechten Arm um Lara - und sie wehrte sich nicht dagegen. „Also, ich bin Tom", sagte er launig zu ihr. „Ja - dann bin ich wohl die Lara", erwiderte sie lachend.

Banküberfall

Rommy K. hatte heute wieder Schalterdienst bei der Filiale der Kreissparkasse. Bis jetzt war noch nicht viel los. Der leichte Regen an diesem Sommertag hielt die Kunden sicherlich noch zurück, vielleicht war es auch der frühe Morgen?

Gerade betrat ein jüngerer Mann den Kassenraum. Er setzte sich an das etwas abseits, in einem Winkel, befindliche Tischchen und begann einen Vordruck auszufüllen. Danach kam eine ältere Dame herein, die gleich zum Schalter ging. Rommy begrüßte sie freundlich und erkundigte sich nach ihrem Wunsch.

Nun erschien ein weiterer Kunde, ebenfalls ein jüngerer Mann, der sich erst interessiert umsah und dann hinter der Dame, auch am Schalter, anstellte. Der Mann trug eine Brille mit relativ dunklen Gläsern und hatte volles, fast zu volles Haar; es sah fast aus wie eine Perücke. Er nestelte an seiner rechten Hosentasche und brachte eine - Pistole zu Tage, die er sogleich auf Rommy richtete. „Geld her, oder es knallt!", schrie er sie an. Rommy begann am ganzen Körper zu zittern, solch eine Situation hatte sie noch nie erlebt und so hatte sie es sich auch nie vorgestellt, wenn in entsprechenden Seminaren davon die Rede war. Aber jetzt war es die harte Wirklichkeit.

Die Kundin, die sie gerade bedienen wollte, hatte vor Schreck und Angst weit aufgerissene Augen; sie wagte sich nicht umzudrehen. Sie brachte keinen Ton heraus, ihr Mund war wie ausgetrocknet. Jetzt hielt sie sich am Tresen fest, weil ihr schlecht wurde.

„Ja, wird´s bald, Geld her!", ich warte nicht mehr lange, brüllte der Mann mit der Pistole. Rommy´s Gedanken rasten, ihr wurde fast schwindelig. Der andere Kunde am Tischchen hatte natürlich die ganze Situation mitgekriegt. Er sprang auf, schlich leise und unbemerkt heran und suchte sofort hinter einem Stützpfeiler des Schalterraumes Deckung. Rommy hatte das gerade noch gesehen. „Auf, auf, aber schnell!", schrie der Bankräuber und fuchtelte wie wild mit der Pistole.

Dem Mann hinter dem Stützpfeiler jagten alle möglichen Gedanken durch den Kopf: … jetzt müsste ich eigentlich anwenden, was ich schon mehrfach geübt habe (er gehörte bis vor kurzem zu einem Sonderkommando der Polizei). Plötzlich löste sich ein Schuss aus der Pistole. Eine Wandlampe hinter Rommy zersplitterte. Rommy und die Kundin schrieen auf. Der Bankräuber selbst war sichtlich überrascht von dem Schuss, denn er hielt die Waffe noch immer schräg nach oben und schaute etwas ungläubig in Richtung der zerschossenen Lampe.

Wenn nicht jetzt, wann dann? - auf, los!, befahl sich der Kunde hinter dem Pfeiler und rannte leise und behände wie eine Katze nach vorn und schlug mit der ganzen Kraft seiner Rechten dem Bankräuber die Pistole aus der Hand. Dabei löste sich wieder ein Schuss, der aber zum Glück niemand traf. Dann stieß er mit seinem rechten Fuß die Pistole so weit weg, wie er nur konnte, warf sich mit voller Wucht auf den Räuber, drückte ihn zu Boden und schrie: „Schnell, Pistole wegschaffen, Alarm auslösen, ich halte den Kerl fest!" Da eilte Rommy her, hob die Waffe auf und richtete sie gegen die beiden auf dem Boden Liegenden. „Um Gottes Willen, nein!", rief da der Mann, der den Räuber überwältigt hatte, „Pistole zur Decke … falls sich ein Schuss …!"

Aber was geschah jetzt? Vorsichtig und leise hatte sich die Schalterraumtüre geöffnet und herein schlichen mehrere Polizisten, ausgerüstet mit Helm und schusssicherer Weste; die Pistole im Anschlag. Wie das - die Polizei schon hier? fragte sich der Kunde. Was er nicht wissen konnte, war, dass sich eine weitere Bankangestellte in einem der hinteren Räume aufhielt. Als diese das Geschrei hörte, schloss sie sich ein, konnte aber noch zuvor geistesgegenwärtig den Alarm betätigen.

Die Polizisten erkannten sofort die Sachlage, trennten die beiden Männer voneinander und legten dem Bankräuber sogleich Handschellen an; er ließ es ohne Widerstand geschehen. Inzwischen hatten sich die beiden Bankangestellten genähert und begannen - noch ganz aufgeregt - den Vorgang zu erklären. Dabei lobten sie das mutige Eingreifen des Kunden, ohne das mit Sicherheit alles anders verlaufen wäre. Dieser wehrte bescheiden ab und gab sich dann als Polizeikollege zu erkennen. Es sei ja schließlich seine Pflicht gewesen, zu helfen und - viel Glück hätte er dabei auch noch gehabt.

Während er so sprach, lag sein Blick auf Rommy, die sich wieder etwas beruhigt hatte. Dabei entdeckte er einen Blutfleck an ihrem rechten Schienbein. „Oh, Sie bluten ja am rechten Bein, unten. Zeigen Sie mal her, ich kenne mich da ein bisschen aus." Er zog zwei Stühle her. „Setzen Sie sich bitte und legen Sie das verletzte Bein auf den anderen Stuhl." Dann nahm er die blutende Stelle in Augenschein. „Da hat sich wohl ein Splitter der Wandlampe verirrt und Sie getroffen, aber es sieht nicht schlimm aus." Zu der anderen Angestellten gewandt: „Hier gibt es doch sicherlich einen Verbandskasten; kann ich den bitte haben?" Sie schaffte ihn eilig her.

Nun begann er vorsichtig das Blut wegzuwischen und die Wunde zu desinfizieren. Anschließend deckte er sie mit einem Pflaster ab. „Also, das ist gar nicht so schlimm, nur durch das Blut sah es so aus." Dann fügte er hinzu: „Puh, da haben wir alle noch mal sehr viel Glück gehabt, es könnte jetzt auch anders aussehen. Jemand wäre vielleicht schwer verletzt oder sogar - tot!" Er schaute Rommy dabei sehr ernst, aber auch irgendwie erleichtert an. Sie hatte Tränen in den Augen. „Danke, danke und nochmals danke, was wäre ohne Sie gewesen? - ich wage gar nicht daran zu denken", sagte sie leise zu ihm und nahm dabei ganz sachte seine Hände in die ihrigen. Sie blickten sich schweigend an. Ein hübsches Kind, dachte er und - ich habe das bislang gar nicht bemerkt! Dann sagte er spontan: „Ich bin Sebastian" und sie fuhr weiter, als ob es so abgesprochen worden wäre: „Und ich bin Rommy." Sebastian bat Rommy: „Darf ich mich in den kommenden Tagen ein wenig um Dich kümmern?" Er lächelte verschmitzt und strich dabei noch einmal ganz vorsichtig über das Pflaster. „Du brauchst jetzt nämlich noch dringend eine psychologische Nachbehandlung; darin kenne ich mich auch etwas aus." Ihre Antwort: „Da bin ich aber sehr gespannt darauf!"

Die Polizei begann mit ihren Untersuchungen und der Befragung. Der Bankräuber war inzwischen schon abtransportiert. Die Bankfiliale blieb für den Rest der Woche geschlossen. Und die psychologische Betreuung von Rommy durch Sebastian tat ihr sehr wohl und hatte sogar noch eine ganz andere Wirkung: Beide mochten sich allmählich immer mehr und wurden später sogar ein Paar.

Beim Joggen

Heute war ein wunderschöner Vorfrühlingstag und Kay kam zeitig von einer Geschäftsreise zurück. Zum Büro zu fahren, lohnte sich nicht mehr und so könnte er doch den Spätnachmittag endlich mal wieder zum Joggen ausnützen, dachte er. Gute Idee! Dann werde ich mich gleich umziehen und nichts wie raus auf den Trimmdich-Pfad im nahen Wald.

Kay lief sich gleich von zu Hause weg warm und hatte so schon zu Beginn des Pfades seinen Laufrhythmus gefunden. Das tat richtig gut, sich so zu bewegen und die Lungen mit frischer Luft zu füllen. Immer am Schreibtisch oder im Auto zu sitzen, das war einfach nicht sein Fall. Ich sollte viel häufiger laufen, sagte er zu sich selbst. Mal sehen, ob ich das künftig nicht besser hinkriege - schon wegen meiner Gesundheit!

Eine gute Strecke vor ihm lief eine Frau. Das meinte er wenigstens an dem hin- und herwippenden Pferdeschwanz gerade noch zu erkennen, bevor sie sich durch eine Wegbiegung seinem Blick entzog. Gut, dachte er, diese Frau ist auch vernünftig, sie tut etwas für ihre Gesundheit - wie ich. Mal sehen, ob ich sie einhole? Vielleicht kenne ich sie sogar?

Schon hatte Kay ebenfalls diese Wegbiegung erreicht; jetzt folgte eine längere, gerade Strecke. Vorne war die Läuferin wieder zu sehen. Der Pfad war fast vollständig mit Gras gepolstert. So ließ es sich sehr angenehm laufen und Kay genoss das auch richtig. Plötzlich sah er, wie sich in Höhe der Läuferin ein Mann aus dem Dickicht löste und sich regelrecht auf die Frau stürzte. Diese kam dabei zu Fall. Sie schrie laut um Hilfe und wehrte sich heftig. Der Mann hat mich sicher nicht gesehen, sonst würde er das jetzt nicht tun, schoss es Kay durch den Kopf.

Was mach´ ich bloß? Ich muss helfen! - und er rannte vorwärts, so schnell er nur konnte. Schon hatte er die Beiden erreicht, riss den Mann, der die Frau heftig attackierte, mit aller Kraft von ihr weg und packte ihn mit festem Würgegriff von hinten am Hals. Es blieb ihm in dieser Situation nichts anderes übrig, er bekam ihn in der Eile nirgendwo sonst zu fassen. Der Mann wehrte sich heftig. Kay schaffte es gerade noch, ihn festzuhalten. Jetzt begriff die Überfallene, was geschah, sprang auf und kam Kay zur Hilfe. Dieser keuchte vor lauter Kraftanstrengung: „Schnell! Meine Bauchtasche, hinten! Das Handy, 110! Unseren Standort!" Der Mann schlug mit Armen und Beinen um sich. Da wurde seine Gegenwehr plötzlich schwächer und hörte schließlich ganz auf. Sofort loslassen!, befahl Kay sich selbst. Der Mann war ohnmächtig geworden. Kay schrie zur Läuferin: „Notarzt, schnell!" Sie hatte inzwischen Verbindung zur Polizei erhalten und informierte diese in knappen Sätzen.

Kay legte den Mann behutsam auf den Boden und beobachtete ihn angestrengt, ob er noch atmete. Er atmete, zwar flach, aber er atmete! Gott sei Dank!, dachte Kay - eine Komplikation hätte mir gerade noch gefehlt. Die Läuferin berichtete, dass Polizei und Notarzt schon unterwegs seien. Kay ließ den bewusstlosen Mann nicht aus den Augen. Da - gerade bewegte er seine Beine ein bisschen. Wie kann ich verhindern, dass er uns davonläuft?, überlegte er. Zum Glück nahten in diesem Moment zwei weitere Jogger; kräftige, junge Männer. Er berichtete schnell, was geschehen war und bat sie, ihnen doch zu helfen. Das wollten sie gerne tun. Sie knieten neben den auf dem Boden Liegenden und beobachteten ihn aufmerksam. Nun öffnete dieser die Augen. „Was ist los, wo bin ich?", fragte er. „Ganz ruhig bleiben", antwortete Kay. Der Mann schien allmählich zu begreifen, was vorgefallen war, denn er versuchte sich aufzurichten. Da drückten ihn die beiden jungen Jogger wieder auf den Boden und befahlen ihm liegen zu bleiben!

In diesem Augenblick waren auch schon die Martinshörner des Polizeifahrzeugs und des Notarztes zu hören. Jetzt bogen sie in den Waldweg ein und kamen direkt auf sie zugefahren. Welch ein Glück, dachte Kay, dass dieser Teil des Trimmdich-Pfades sehr gut von der Landstraße aus zu erreichen ist und der Pfad hier auch ausreichende Breite hat. Die Polizisten und die Sanitäter sprangen aus ihren Fahrzeugen und kümmerten sich gleich um den auf dem Boden Liegenden. Dann wandte sich ein Polizist an die Läuferin und an Kay, begann sie zu befragen und fertigte einen Kurzbericht über den Vorgang aus.

Kurz darauf gab der Notarzt die Mitteilung, dass der Mann soweit in „Ordnung" sei. „Gut", entschied ein Polizeibeamter, „dann können wir ihn ja gleich mit auf die Wache nehmen, um ihn dort zu verhören." „Sie Beide", sagte er an die Läuferin und Kay gewandt, „sollten sich bitte zur Verfügung halten, aber jetzt können Sie erst mal nach Hause gehen, wir rufen Sie dann an." Die Frau und Kay bedankten sich herzlich bei der Polizei, dem Arzt, den Sanitätern und besonders bei den Joggern für ihre rechtzeitige Hilfe. „Kommen Sie", sagte Kay dann zu ihr, „ich bringe Sie nach Hause, aber wir müssen erst ein Stück zu Fuß gehen, denn mein Auto habe ich bei mir zu Hause stehen; das ist nicht weit von hier." „Oh", meinte die Läuferin, „das ist nicht nötig - ich wohne nämlich auch ganz in der Nähe." „Gut, dann nehmen wir doch gleich den Fußweg zu Ihrer Wohnung." Sie nahm das Angebot an.

Unterwegs stellte sich Kay vor: „Ich bin Kay; wir haben jetzt endlich die Zeit, um uns gegenseitig bekannt zu machen." „Und ich heiße Maren." Als sich Kay dann vor Marens Wohnung verabschiedete, hielt er ihre Hand etwas länger fest und meinte: „Du darfst die nächsten paar Male nicht alleine laufen. Ich werde Dich begleiten - oder besser - ich muss Dich begleiten, aber natürlich nur, wenn Du einverstanden bist." Ihre Antwort: „Ich freue mich sehr darauf und vielen, vielen Dank für Dein Eingreifen. Ich weiß nicht, was alles passiert wäre" - und hauchte ihm einen Kuss auf die rechte Wange. „Halt", meinte er gutgelaunt, „wir müssen erst noch den nächsten Lauftermin absprechen …"

Wolfgang Haas

Alltags-*Romantik*?

Das Findelkind

Jasmin bewohnt allein ein kleines Haus am Rande der Kreisstadt. Die Lage ist ruhig und verkehrsarm. Sie fühlt sich sehr wohl dort.

Es war eine Nacht von Samstag auf Sonntag. Jasmin schlief relativ unruhig - bestimmt wegen des Vollmondes - wie sie immer meinte. Die Uhr zeigte auf 5:00; es dämmerte schon leicht. Da - was war das für ein Geräusch an der Haustüre? Will da jemand einbrechen? Vor Schreck atmete sie kaum noch. Sie überlegte: Die Haustüre ist recht stabil und sie hatte sie vor dem Zubettgehen abgeschlossen, daran erinnerte sie sich ganz genau. Als Wetterschutz gibt es vor der Haustüre noch den kleinen Anbau, mit einer eigenen Türe, diese ist aber nicht abschließbar. Im Anbau stellt sie immer ihr Fahrrad und den Einkaufstrolly ab. Ob sich hier jemand zu schaffen macht? Vielleicht ist mein Fahrrad schon gestohlen?

Sie stieg aus dem Bett, ging zum Fenster und spähte ganz vorsichtig Richtung Hauseingang. Es war nichts Auffälliges zu erkennen. Aber sie musste ganz sicher sein und schlich deshalb leise nach unten zur Haustüre. Diese war nach wie vor zu. Keine Veränderung festzustellen. Sie lauschte angestrengt - kein verdächtiges Geräusch. Nun -

plötzlich - sie traute ihren Ohren nicht, Laute wie von einem Baby. Das kann doch wohl nicht wahr sein, ein kleines Kind vor ihrer Haustüre? Sie schlich zurück und holte den Haustürschlüssel. Ganz vorsichtig und langsam schloss sie auf und öffnete die Türe ein Stück weit. Aber das gibt es nun wirklich nicht! Tatsächlich war hier ein Baby abgestellt. Jetzt musste sie die Türe ganz aufmachen, um das Kind näher betrachten zu können. Allem Anschein nach war es ein Neugeborenes, das da vor ihr in einem kleinen Körbchen lag. Es bewegte seine Ärmchen zu ihr hin, als ob es sagen wollte: Na, endlich kommt jemand und schaut nach mir.

Das Baby war warm eingewickelt und mit Windeln zugedeckt. Jasmin betrachtete das kleine Gesichtchen. Was mache ich jetzt bloß? Ihr Blick schweifte ziellos in dem Anbau umher und blieb beim Briefkasten hängen. Oh, dort schaute ein Zettel halb aus dem Schlitz. Jasmin stürzte förmlich hin und riss ihn heraus. Sie las: Ich bin Leonie und kann nicht bei meiner Mama bleiben, weil es ihr nicht gut geht. Bitte, sorge für mich. Jasmin war total geschockt. Ich muss sofort die Polizei anrufen! Sie eilte ins Haus zurück und schnappte ihr Handy. Dem diensthabenden Beamten berichtete sie hastig und mit heiserer Stimme über ihre Situation. Der Beamte beruhigte sie und versprach, sogleich einen Streifenwagen zu schicken.

Nach wenigen Minuten schon stoppte dieser vor dem Haus. Jasmin erklärte noch einmal kurz den Sachverhalt und zeigte dabei auf das Kindchen zu ihren Füßen, das jetzt schon deutlich zu verstehen gab, dass es Hunger hatte. Jasmin wurde immer nervöser, denn sie dachte: Hoffentlich glauben die mir das auch alles. Wie befreiend war es für sie dann, als einer der Beamten meinte: „Wir bringen das Baby zur Kinderklinik, dort ist es fürs Erste gut aufgehoben. Bitte kommen Sie doch gleich mit zur Klinik und dann auf unsere Dienststelle, damit wir das notwendige Protokoll anfertigen können." Der Fahrer, ein junger Polizeibeamte, lächelte sie dabei freundlich an. Er kniete sich jetzt vor dem Baby hin und sagte: „Na, du Kleines, was machen wir bloß mit dir?" und hielt dabei seine beiden Händchen fest - das Baby blieb die Antwort schuldig. Plötzlich blickte er von unten hoch und meinte: „Sie sollten sich aber vielleicht noch umziehen, denn so können Sie nicht mitkommen." Jasmin schaute an sich hinunter und erschrak; sie hatte in der Eile nur rasch den Hausmantel über ihr Nachthemd gezogen und ihre Füße steckten in breiten Filzpantoffeln. „Ja, klar", war ihre Antwort und sie eilte davon.

Während der Fahrt rief der Beifahrer die Dienststelle an, die ihm zusagte, bis zu ihrer Ankunft die Klinik zu informieren. Der Fahrer blickte währenddessen in den Rückspiegel und konnte sehen, was hinten geschah. Dort hatte Jasmin das Babykörbchen neben sich gestellt. Gerade beugte sie sich über das Kindchen und versuchte es zu besänftigen, denn es begann immer unruhiger zu werden. Die junge Frau gefiel ihm in ihrer Art, wie sie sich um das Baby kümmerte. Schon lange hatte er nicht mehr ein solches Empfinden für eine Frau, nachdem ihn seine Partnerin einfach so, von heute auf morgen, ohne Angabe eines Grundes, verlassen hatte.

An der Klinik angekommen, trug der Fahrer das Babykörbchen vorsichtig zum Eingang. Der andere Polizist begleitete ihn und natürlich auch Jasmin. Eine Schwester wartete bereits; sie nahm das Kind in Empfang und eilte damit weg. Nach einigen Minuten kehrte sie zurück und bat alle drei in das Zimmer des diensthabenden Arztes. „Ja", meinte dieser, „wir behalten das Baby erst mal zur Untersuchung und Beobachtung hier. Dann aber muss für das kleine Ding ein Platz gefunden werden, in einem Heim, oder so." „Ach", entfuhr es da Jasmin, „das ist aber schlimm für die Kleine, so ohne Eltern, ohne Familie." Der junge Beamte beobachtete sie, während sie sprach und merkte sogleich, dass sich bereits eine Anhänglichkeit zu diesem Kind entwickelt hatte. Er meinte: „Wir müssen selbstverständlich erst eine Suchaktion nach der Mutter starten, über Rundfunk, Fernsehen, Tageszeitung und durch Aushang. Vielleicht überlegt es sich die Mutter ja doch noch anders und möchte ihr Kind zurück haben? Falls nicht, dann könnten sie es ja auf Probe mal zu sich nehmen, oder später sogar adoptieren?", fügte er noch scherzhaft an. „Ach, du liebe Zeit", gab Jasmin erschrocken zur Antwort, „ich habe ja noch nicht einmal einen Mann, geschweige denn einen Partner." „Oh", meinte da der Polizist ganz trocken, „so etwas ergibt sich oftmals sehr schnell." Jasmin schaute ihn mit großen Augen an und überlegte, ob er gar an sich selbst dachte? Ein netter Kerl ist er ja. Bei diesem Gedanken wurde ihr richtig heiß.

Auf der Wache kam dann der ganze Vorgang zur Niederschrift. Jasmin gab noch ihre Adresse und Telefonnummer an. Man teilte ihr mit, dass sie über alles, was im Zusammenhang mit dem kleinen Mädchen stehe, informiert werden würde. Schließlich verabschiedete sie sich von den Beamten, dabei war der junge Polizist besonders herzlich zu ihr.

Bereits am nächsten Tag wurde in einer Pressemitteilung über das Findelkind berichtet und um sachdienliche Hinweise gebeten. Ferner forderte man die Mutter auf, sich doch bitte unbedingt zu melden; es wurde ihr Straffreiheit zugesichert.

Gleich Anfang der nächsten Woche besuchte Jasmin das kleine Mädchen. Es sah einfach süß aus und sie hatte das kleine Ding schon richtig in ihr Herz geschlossen. Sie war ganz allein mit dem Kindchen und ihren Gedanken: Hoffentlich meldet sich die Mutter so schnell wie möglich - oder besser doch nicht? - sie hatte sich ja selbst schon überlegt, das Kind zu sich zu nehmen. Da kam ihr plötzlich der junge Polizeibeamte in den Sinn und was er gesagt hatte und sie bemerkte dabei nicht, dass sich die Zimmertüre leise öffnete. Und wer kam herein? Der junge Polizist! Sie realisierte das nur ganz langsam. Bildete sie sich das jetzt nur ein oder war es Wirklichkeit? Es war Wirklichkeit! Er war es und er hatte sie hier nicht erwartet, denn er kam richtig in Verlegenheit. Und Jasmin ging es ganz ähnlich. Er begrüßte sie sehr freundlich und schaute dann gleich nach der Kleinen. Jasmin war total überrascht, dass auch er sich um das Baby sorgte.

Jasmin fühlte sich richtig gut, wie schon lange nicht mehr. Er und sie beugten sich nun - fast wie abgesprochen - gleichzeitig über das Bettchen des Mädchens und sprachen mit ihm, wobei jeder eines seiner Händchen festhielt.

Was ist noch zu berichten über die Drei? - um es kurz zu machen - es gab noch einige Treffs in der Kinderklinik. Dann kam man in einem Restaurant und schließlich bei Jasmin zu Hause zusammen. Sie lernten sich kennen und lieben, sprachen über ihre Zukunft und auch über die

Zukunft von Leonie. Zu guter Letzt fanden sich alle drei in einer kleinen Familie wieder. Sie heirateten nämlich und da die Mama des Kindes sich nicht gemeldet hatte, konnten sie die Kleine adoptieren.

Wolfgang Haas

Alltags-*Romantik*?

Das Parfüm

Gleich würde der Bus halten. Julian war auf dem Weg zum Büro. Das Wetter war nicht so, wie man es sich wünschte, an diesem Maimorgen. Die Bustür öffnete sich. Ein kühler Luftzug erreichte ihn. In Gedanken schon bei der Arbeit, strich er sich ein paar Haare aus der Stirne. Er war noch nicht richtig ausgestiegen, da drängte sich eine junge Frau recht forsch an ihm vorbei in den Bus - weil es zu regnen begonnen hatte. Er wollte sich über ihre Ungeduld schon fast ärgern, da roch er ihr Parfüm. Welch ein Duft! Wer war die Frau, die ihn trug? Er schaute ihr nach, wie sie im Bus einen Sitzplatz suchte.

Sie war jung, höchstens 25 und sehr hübsch. Eigentlich der Typ von Frau, von dem er schon immer träumte! Da - für einen kurzen Moment trafen sich ihre Blicke. Er nickte ihr gerade noch zu und schon fuhr der Bus an.

Zu Mittag pflegte er immer in ein nahegelegenes Restaurant zu gehen, um eine Kleinigkeit zu essen; so auch heute. Kaum auf der anderen Straßenseite angelangt, hatte er wieder diesen Parfümduft in der Nase. Diese Frau von heute Morgen müsste also ganz in der Nähe sein. Aber so viel er auch Ausschau hielt - sie war nicht zu sehen.

Nach dem Essen hatte er noch alle Hände voll zu tun. Von einem wichtigen Schreiben brauchte er jetzt unbedingt eine Kopie. Der Kopierer in seinem Büro war defekt, also musste er den Kopierer ein Stockwerk tiefer benützen. Um rasch dahin zu gelangen, nahm er das Treppenhaus. Aber - das gibt es doch nicht! Auch hier eine Duftwolke dieses Parfüms! Demnach hatte sich diese unbekannte Frau noch kurz vor ihm hier aufgehalten, oder jemand anders trug das gleiche Parfüm. Das wäre aber ein Zufall!

Die Kopie war schnell fertig. Julian öffnete die Tür zum Treppenhaus - und stieß dabei mit einer Frau zusammen - und da war er wieder, dieser Duft. Er murmelte eine Entschuldigung und schaute auf. Es war die junge Frau vom Bus. „Hallo", entfuhr es ihm und er stammelte: „Dieser Geruch, ich meine Duft, ich meine Parfüm. Ich erkannte Sie sofort daran." Sie schaute ihn verwundert an. „Was sagen Sie da? Geruch, Duft, Parfüm, was soll das alles?" Er wurde ganz verlegen: „Das könnte ich Ihnen erklären." Er nahm allen Mut zusammen: „Ich habe in zwei Stunden Feierabend. Falls es bei Ihnen passt, treffen wir uns gleich um die Ecke auf einen Kaffee." Sie überlegte kurz: „O.k., ich komme."

Er konnte es kaum erwarten - wie lange doch zwei Stunden dauerten! Endlich saßen sie sich an einem Tischchen gegenüber. „Nun?", sie schaute ihn fragend an. „Ja, das war so, beziehungsweise ich, oder besser noch Sie ..." Er schaute sie unverwandt an. „Heute Morgen haben Sie sich an mir vorbei in den Bus gedrängt und da roch ich Ihr Parfüm." Er wurde wieder verlegen. „Und dann noch einmal beim Gang zum Mittagessen und später im Treppenhaus, aber Sie waren nicht zu sehen - bis dann bei unserem Zusammenstoß - und jetzt sitze ich Ihnen gegenüber und weiß nicht, was ..." „Ja, natürlich", unterbrach sie ihn, „ich erinnere mich. Normalerweise gehe ich zu Fuß zur Arbeit. Heute Morgen hatte ich aber freigenommen, um in der City etwas zu erledigen und dazu musste ich den Bus nehmen."

Sie hatte ihn während der ganzen Zeit seines Erzählens beobachtet. Die Art, wie er sprach, war ihr sehr sympathisch. Warum haben wir uns vorher nie gesehen?, dachte sie. Wir arbeiten zwar nicht bei der gleichen Firma, aber im gleichen Gebäude. Sie sah durch ihn hindurch. Was er wohl über sie dachte?

„Hallo, hallo!" Sie wurde aus ihren Gedanken gerissen. Er schaute sie an und lachte. „Habe ich Sie jetzt erschreckt? Ich muss mich leider verabschieden; ich habe noch einen Geschäftstermin. Können wir uns wiedersehen? Am

Wochenende? Was meinen Sie? - Wir rufen uns an!" Sie tauschten schnell die Telefonnummern und verabschiedeten sich. Er hielt dabei ihre Hand etwas länger, als notwendig. Und schon war er weg. Sie schaute ihm verträumt nach. Wie gut, dachte sie, dass ich das Parfüm nicht meiner Schwester geschenkt hatte, wie ich das ja eigentlich ursprünglich vorhatte.

Das Polohemd

Carola studierte den Prospekt des großen Supermarktes. Unter vielem Anderen wurden gute und dazu noch günstige Polohemden für Jungs angeboten. Mein Junge braucht dringend etwas Neues zum Anziehen, dachte sie, also nichts wie hin, zumal ich sowieso noch einige anderen Haushaltswaren benötige.

Am Wühltisch war ein ordentliches Gedränge. Zum Glück hatte sie bereits nach kurzem Suchen die richtige Größe ausgemacht. Die Farbe war auch in Ordnung. Also fasste sie das Hemd an einem Ärmel und begann es vorsichtig aus dem Haufen zu ziehen. Sie kam aber nicht weit, das Hemd schien festzuhängen. Sie versuchte es noch einmal - mit gleichem Ergebnis. Da schaute sie auf. Schräg gegenüber stand ein jüngerer Herr, der auch einen Ärmel in der Hand hielt. Und dieser hatte dazu noch die gleiche Farbe wie der ihrige. Schnell merkte sie, dass sie beide das gleiche Polohemd wollten. „Aber - mein Herr!", sagte sie. „Aber - meine Dame!", sagte er. „Das Hemd gehört doch mir", meinte sie lächelnd. „Nein, es ist auch meines", erwiderte er, „aber ich überlasse es Ihnen gerne, weil Sie mich gerade so entwaffnend angelächelt haben." „Nein, nein", war ihre Antwort, „das geht auf gar keinen Fall, bitte, behalten Sie es." „Aber bitte", so der Herr, „nehmen Sie mein Angebot doch an." „Das kann ich nicht." „Doch, Sie können, weil mich das ganz einfach nur freuen würde." Sie spürte, dass sie leicht errötete. „Oh, dann also - vielen Dank dafür!" „Bitte, bitte."

Der Zufall wollte es, dass sich die Beiden an der gleichen Kasse wieder trafen. „Jetzt lasse ich aber Ihnen den Vortritt", meinte Carola. „Gut, das nehme ich gerne an, zumal ich etwas in Eile bin." Was für ein netter Mensch, dachte sie. Während sie noch mit dem Bezahlen beschäftigt war, verstaute er bereits seinen Einkauf im Kofferraum seines Wagens. Er lächelte dabei, denn er hatte die Situation am Wühltisch wieder vor Augen. Langsam fuhr er jetzt aus dem Parkplatz, gab dabei aber noch einer Fußgängerin die Vorfahrt. Das war ja die Polohemd-Frau! Er ließ das Fenster herunter und meinte: „Vielleicht könnte ich das Polohemd mal für meinen Sohn ausleihen? - weil es halt doch so schick aussieht!" Sie überlegte kurz: „Meinetwegen, aber dazu sollten wir uns dann auch irgendwie treffen." „Moment", so er, „darf ich mir schnell Ihre Adresse oder Telefonnummer aufschreiben?" Sie nannte ihm die Telefonnummer - dann brauste er auch schon davon. Daheim erzählte sie ihrem Sohn von ihrem Erleben und dass er vielleicht einmal das neu erstandene Polohemd an einen anderen Jungen ausleihen müsste; da hatte er eigentlich nichts dagegen einzuwenden.

Carola wurde vom Alltag rasch eingeholt und die Geschichte mit dem Polohemd geriet in Vergessenheit. Da, eines schönen Tages, klingelte das Telefon und es meldete sich eine Männerstimme: „Hallo, hier ist das Polohemd. Erinnern Sie sich noch an unsere Abmachung?" „Wegen des Polohemds? - aber ja, natürlich!" Darauf er: „Mein Sohn braucht das Hemd morgen Abend, darf ich es abholen?" Er hörte nichts mehr von Carola - sie suchte nach Worten. „Hallo, sind Sie noch da?" Sie hatte sich wieder gefasst: „Ja, ja, ich bin noch da, wann würden Sie kommen wollen?" „Morgen Nachmittag." Dann nannte er noch die Uhrzeit. „Passt das bei Ihnen?", war seine Frage. „Ja, da bin ich wieder zu Hause." „Und wo muss ich hinkommen?" Sie nannte ihre Adresse. Mit leicht zitternder Hand legte Carola den Hörer wieder auf. Oh, auf welches Abenteuer lasse ich mich da ein?

Als es am andern Tag, zu besagter Zeit, an der Tür klingelte, war sie ganz aufgeregt; so kannte sie sich gar nicht. Er war es! - und streckte ihr mit den Worten: „Entschuldigung, dass ich meinen Vorschlag wahr gemacht habe", ein hübsches Blumensträußchen entgegen. Wie im Traum überlegte sie: Wie lange ist es doch her, dass ich Blumen von einem Mann erhielt? Und er? Er strahlte sie einfach nur an: „Darf ich eintreten? - sonst wird das ja heute nichts mehr mit unserem Polohemd." Natürlich durfte er!

Der Autoschlüssel

Melli parkte ihr Auto am Straßenrand, stieg aus und schloss es ab. Auf dem Gehweg fiel ihr ein, dass sie das Kuvert, mit dem sie zur Post wollte, auf dem Beifahrersitz vergessen hatte. Sie beschloss - der Einfachheit halber - die Beifahrertüre zu öffnen, um es zu holen. Infolge einer Ungeschicklichkeit entglitt ihr der Autoschlüsselbund und fiel auf die Straße. Nein! - o Schreck! - das war nicht die Straße! Der Schlüsselbund fiel auf das Gitter eines Abflussschachtes, wippte dort kurz, rutschte durch das Gitter und plumpste nach unten in den Auffangeimer. Das geschah wie im Zeitlupentempo - und sie konnte einfach nur zuschauen. Der Schlüssel war jetzt deutlich durch das Gitter, unten im Eimer liegend, zu sehen, aber das nützte sie herzlich wenig.

Sie versuchte den Deckel des Schachtes anzuheben, aber der war viel zu schwer. Melli schaute sich um und entdeckte unter einem in der Nähe stehenden Baum einen dünnen Ast: Das wäre die Lösung! Sie holte den Ast und stocherte damit in dem Auffangeimer herum - aber den Schlüsselbund konnte sie damit nicht fassen. Plötzlich stand ein Mann neben ihr. Sie schaute auf und musterte ihn von unten nach oben.

Ungefähr mein Alter, dachte sie. „Hallo, meine Dame, kann ich Ihnen helfen?", war seine Frage. „Nein - doch - vielleicht - ich weiß nicht", war ihre Antwort. „Was suchen Sie denn da im Abflussschacht?" „Mein Autoschlüssel …" - sie brauchte nicht weiter zu sprechen, denn er hatte die Sachlage erkannt. „O je - in den Abfluss-schacht - eine bessere Stelle konnten Sie wohl nicht finden?" „Aber - ich bitte Sie!", war ihre Antwort, "eine Belehrung kann ich jetzt am Allerwenigsten brauchen!" „Entschuldigung, war ja nicht so gemeint." Der Mann fuhr weiter: „Die Idee mit dem Ast ist ja gut, aber da fehlt vorne ein Haken. Ich gehe schnell zu meinem Wagen; ich habe in meiner Werkzeugtasche immer ein Stück festen Drahtes. Da biege ich vorne einen Haken dran - und dann werden wir ja sehen …" Gesagt, getan! Der Draht reichte gerade bis zum Schlüsselbund in den Schacht hinunter. Fast hatte der Helfer die Schlüssel oben - er musste sie nur noch durch das Gitter ziehen. Aber das war gar nicht so einfach. „Halten Sie die Schlüssel fest, schnell!", forderte er sie auf. Das wollte sie auch, aber was hatte sie dann erwischt? Es war sein Zeigefinger, den sie festhielt. „Nicht meinen Finger - die Schlüssel!", lachte er. Jetzt musste Melli auch lachen - und hielt kurz darauf endlich wieder ihren Schlüsselbund in der Hand.

„Vielen, vielen Dank!", sagte sie zu ihm, „Sie sind mein rettender Engel!" Beide richteten sich jetzt auf und schauten einander musternd ins Gesicht. Sie hatte wunderschöne blaue Augen und er sah unwahrscheinlich sympathisch aus mit seinen Lachfalten im Gesicht. Plötzlich sagte sie: „Das müssen wir noch unbedingt feiern, aber wie?" Er darauf: „Ich habe jetzt leider keine Zeit mehr, denn ich muss sehen, dass ich schnell weiterkomme. Aber wir könnten uns gerne heute Abend treffen, hier gleich um die Ecke, in dem kleinen Restaurant „Zur Lilie"; sagen wir um 20:00 Uhr?" „Einverstanden", war Melli´s Antwort, „das passt mir gut, ich freue mich darauf." Er nickte ihr zu: „Ich mich auch - bis dann!"

Wolfgang Haas

Alltags-*Romantik*?

Der orangefarbene Pullover

Eigentlich wollte er nur ein bisschen frische Luft schnappen, aber nun hatte er schon eine ganze Strecke Wegs zurückgelegt. Da, auf der anderen Straßenseite, etwas weiter vorne, trat ein orangefarbenes Etwas aus einer Haustüre. Das Etwas entpuppte sich bei genauerem Hinsehen als eine junge Frau, die einen orangefarbenen Pullover trug. Sie war groß, schlank, hatte dunkelblonde, lustige Locken und - viel Mut, so dachte er, denn orange war in dieser Saison nicht gerade so in Mode! Da bog das Orange auch schon um die nächste Ecke und entzog sich so seinem Blick.

Einige Wochen später - er nahm mit seinem Freund an einer musikalischen Veranstaltung teil - da war es wieder, das Orange, ganz zufällig, aber jetzt viel näher. Er konnte das Mädchen gut sehen und erkannte: Der Pullover war nicht nur orange, sondern auch noch von Hand gestrickt. Seinem Freund entging natürlich nicht, dass er das Mädchen wie gebannt anschaute. „Kennst Du sie?" „Nein!" „Aber ich", so sein Freund. „Was interessiert Dich denn so an ihr?" „Ach - im Moment hauptsächlich nur der Pullover."

Wieder eine ganze Zeit später hatte sein Freund zwei Frauen im Schlepptau. Die eine stellte er als seine Freundin vor, die andere als deren Kusine. Als er diese begrüßte, war es ihm, als ob ihn der Blitz träfe: Der Orangepullover, bzw. dessen Inhalt! Sie war hübsch und lächelte ihn etwas verlegen an, denn sie fand ihn ganz sympathisch und in Ordnung. Er selbst fühlte sich etwas irritiert - welch ein Zufall, diese Frau wieder zu treffen! Kurz und gut: Alle Vier erlebten zusammen einen schönen Nachmittag und beschlossen, dass man sich bald wieder sehen sollte. Nach einiger Zeit fühlte man sich in diesem kleinen Kreis so richtig zuhause. Und da hatte auch schon jemand die Idee, mal zusammen in den Urlaub zu fahren. Am Besten wäre da wohl Tirol. Gesagt, geplant, Zimmer bestellt, Reise arrangiert. Als die Gruppe dann das Urlaubsziel erreichte, brach auch noch - ganz unvorhergesagt - eine Schönwetterzeit an.

Er hatte immer ein Späßchen auf Lager, aber heute wollte er den Mädels mal wirklich etwas Vernünftiges und Gutes antun. Er dachte: Jede Frau ist doch für etwas Süßes zu haben. Also kaufte er in einer Konditorei zwei Packungen Pralinen. Auf der einen war eine Gebirgslandschaft aufgedruckt, auf der anderen ein Strauß roter Rosen. Ganz heimlich schlich er sich dann in das Zimmer der Mädchen und legte die Pralinen unter die beiden Kopfkissen, ohne zu wissen, wem er nun welche Packung unterschob. Natürlich bemerkten die Mädchen am Abend sofort, dass ihre Kopfkissen etwas höher waren. Beide freuten sich über das, was sie vorfanden. Süßigkeiten kommen halt fast immer gut an! Der Orangepullover war besonders erfreut, sah sich das Mädel doch in seiner Zuneigung bestätigt. Dies bewiesen ihr auf jeden Fall die roten Rosen auf der Pralinenpackung.

Gleich beim Frühstück bedankten sich beide Mädels sehr herzlich. Der Freund schaute etwas hilflos drein, denn er wusste ja von nichts, aber die Sache war dann gleich aufgeklärt. Das Orangemädel näherte sich ihm, dem Rosenkavalier: „Das war aber lieb von Dir - ich meine die roten Rosen - auf der Packung. Du kennst doch sicherlich auch das Lied „Schenkt man sich Rosen in Tirol, weiß man …..“?“ Dabei schaute sie ihn mit großen, fragenden Augen an. Also bei ihr hatte er, ohne es zu wissen, die Rosenpackung unterm Kopfkissen verstaut. Sie wartete immer noch auf eine Antwort. Er blickte sie nur ganz verlegen an. Wie hübsch sie doch ist, ging es ihm durch den Kopf, dass ich das nicht schon früher so bemerkt habe. Schließlich fand er sich wieder: „Ja, natürlich ist mir dieses Lied bekannt, erst kürzlich wurde es im Radio gesendet und überhaupt … Ich wusste gar nicht, dass ich die Rosenpackung bei Dir …, aber jetzt freu´ ich mich riesig, dass es so ist“ und griff ganz vorsichtig nach ihrer Hand.

Und dann, er wusste selbst nicht recht, was er tat, gab er ihr einen zärtlichen Kuss auf die Wange.

Der Taschenräuber

Bernd fuhr, wie jeden Tag, mit dem Fahrrad, zur Arbeit. Den Radweg trennte nur eine weiße Linie vom Gehweg. Weiter vor ihm war noch ein Radfahrer in gleicher Richtung unterwegs; dieser setzte gerade an, eine Fußgängerin zu überholen. Ein ganz normaler Vorgang - doch plötzlich griff er im Vorbeifahren nach der Umhängetasche der Frau und riss sie mit einer kräftigen Bewegung an sich. Die so Beraubte schrie vor Schreck laut auf, stolperte und fiel der Länge nach hin. Der Taschenräuber flüchtete so schnell er nur konnte. Bernd trat jetzt ebenfalls mit aller Kraft in die Pedale. Im Vorbeifahren rief er der Gestürzten zu: „Kommen Sie alleine klar? Ich nehme die Verfolgung auf!" Die Frau richtete sich mühsam auf; sie konnte im Moment nicht antworten.

Bernd erkannte, dass der Räuber von der Tasche stark behindert wurde und deshalb nun versuchte, diese hinter sich, im Gepäckkorb, zu verstauen. Das gelang ihm schließlich auch und er konnte jetzt frei in die Pedale treten. Bernd holte trotzdem langsam, aber sicher, auf. Wie gut, dass er täglich mit dem Rennrad trainierte! Der Räuber schien ihn bislang nicht bemerkt zu haben. Eigenartig, dachte Bernd, ausgerechnet jetzt sind keine weiteren Radler oder Fußgänger unterwegs, die mir helfen könnten. Bernd näherte sich nun dem Flüchtenden. Da sah ihn dieser und er versuchte sofort, ihn durch Kurvenfahren zu verunsichern. Fast wäre Bernd in ihn hineingerauscht. Aber endlich, jetzt, mit einem beherzten Griff, konnte Bernd die Umhängetasche aus dem Gepäckkorb des Räubers reißen. Der Räuber bekam dies mit und er setzte nun alles daran, noch schneller zu entkommen.

Bernd war total außer Atem. Er wendete sein Rad und fuhr zurück. Die beraubte Frau - erst jetzt erkannte er, dass es eine junge Frau war - stand noch sichtlich unter Schock. Sie konnte es kaum fassen, als er ihr die Tasche entgegenhielt. „Danke, danke, vielen Dank", stammelte sie. „Soll ich Sie nach Hause bringen?", fragte er und setzte fort „können Sie überhaupt gehen?" Bernd sah, dass sie leicht blutende Knie und Hände hatte. „Brauchen Sie einen Arzt?" Sie schüttelte den Kopf. „Ich wohne nur wenige Minuten von hier", war ihre Antwort. „Ich begleite Sie nach Hause!", entschied er. Sie widersprach nicht.

„Sie müssen sich jetzt unbedingt auf die Couch legen", sagte Bernd. „Haben Sie eine Haus-apotheke?" Er fand diese schließlich im Bad. Nun konnte er ihre Wunden entsprechend behandeln. Sie ließ alles willenlos mit sich geschehen, fühlte sich aber irgendwie wohl dabei. „Ich muss jetzt gehen", sagte Bernd, „ich muss zur Arbeit." Da schien sie wie aufzuwachen. „Vielen Dank, Sie sind mein Retter und Helfer und vor allem habe ich meine Tasche wieder." Sie schaute ihn dabei mit ihren großen, braunen Augen dankbar und zugleich fragend an. Ihm wurde richtig warm. „Kann ich Sie erreichen?", fragte sie. „Ja, natürlich", sagte Bernd, „hier habe ich ein Visitenkärtchen - ich freue mich auf Ihren Anruf!" „Ich rufe Sie gerne an", erwiderte sie. Aber das konnte er nicht mehr hören, denn er hatte die Wohnungstüre schon hinter sich zugezogen.

Wolfgang Haas

Alltags-*Romantik*?

Die Kollision

Biggi wollte sich in der City etwas besorgen. Jürgen war auf dem Weg zum Büro. Sie saßen sich zufällig in der Stadtbahn gegenüber und nahmen praktisch keine Notiz voneinander. Es war früh am Morgen - Berufsverkehrszeit - alle Plätze im Wagen waren besetzt. Schräg gegenüber saßen Schüler, die sich einen kleinen Ball zuwarfen. Der Ball flog schnell, man musste sich voll auf ihn konzentrieren, um ihn zu erhaschen. Plötzlich entglitt er einem Mädchen und kullerte genau zwischen Biggi und Jürgen auf den Boden. Und was passierte? Beide wollten gleichzeitig den Ball aufheben, beugten sich vor und - stießen mit den Köpfen zusammen. Das tat ziemlich weh! Sie waren fast schon dabei aufzubrausen, um dem Andern Vorwürfe zu machen. Aber stattdessen trafen sich ihre Blicke - und sie begannen herzlich zu lachen. Jeder presste die Handfläche auf die schmerzende Stelle an seiner Stirne. Den Ball hatten sie erst nicht, der war gleich in der nächste Kurve auf den Gang gerollt und wurde dort von einem der Schüler aufgehoben.

„Entschuldigen Sie bitte", sagte Jürgen und „entschuldigen Sie bitte", sagte Biggi - fast synchron. Darüber mussten sie wieder lachen. „Na, so etwas - und das schon am frühen Morgen", meinte Jürgen. „Tut es sehr weh?", fragte er. „Ach, es geht und wie ist es bei Ihnen?", war ihre Frage. „Nun, es geht auch." „Hoffentlich sieht man uns nicht schon von Weitem unsere Kollision an!", sagte Biggi. Da war auch schon die Haltestelle erreicht, an der sie aussteigen musste. Inzwischen hatte es leicht zu regnen begonnen. Biggi holte ihren Schirm aus der Handtasche. Dabei zog sie - ohne es zu bemerken - ein Visitenkärtchen mit heraus. Dieses blieb neben ihr auf dem Sitz liegen. Biggi nickte Jürgen mit einem freundlichen „Tschüss" zu und stieg aus. Jetzt bemerkte Jürgen das Kärtchen auf dem leeren Sitzplatz. Er schaute kurz darauf und steckte es dann in seine rechte Jackettasche.

Einige Wochen später zog Jürgen dieses Jackett wieder an. Er griff dabei - nach seiner Gewohnheit - in alle Taschen, auch in die rechte Außentasche und fand das Kärtchen. Sofort hatte er die ganze Situation von damals wieder vor Augen und empfand gleich eine gewisse Zuneigung zu der jungen Frau. Ich werde sie anrufen! Aber warum denn, es ist doch alles erledigt, überlegte er weiter. Doch, ich werde sie noch heute anrufen, war schließlich sein endgültiger Entschluss!

Am Abend, zu Hause, wählte er die auf dem Kärtchen abgedruckte Telefonnummer. Die junge Frau meldete sich. Er erkannte sie sofort an ihrer

Stimme. „Hallo, entschuldigen Sie bitte meinen Anruf, aber wir beide hatten vor ein paar Wochen in der Stadtbahn mit unseren Köpfen eine ziemlich feste Berührung wegen eines kleinen Balles, Sie erinnern sich?" „Ja, ja, natürlich, genau", war ihre Antwort. „Aber - wie kommen Sie zu meiner Telefonnummer?" Nun erzählte er ihr den ganzen Vorgang. Nach kurzer Zeit war eine überaus angeregte Unterhaltung im Gange. Schließlich sagte Jürgen: „Wissen Sie was, wir sollten uns ganz einfach treffen und die Unterhaltung fortsetzen." Biggi stimmte diesem Vorschlag zu und sie verabredeten einen nahen Termin.

Beide freuten sich sehr darauf und hatten ein solch angenehmes Gefühl für das andere Geschlecht, wie sie es schon länger nicht mehr erlebten. Und was sie jetzt noch nicht voneinander wussten: Jürgen gab die Suche nach der rechten Frau vor ca. zwei Jahren mehr oder weniger auf und Biggi´s Freund war vor über einem Jahr mit ihrer besten Freundin durchgebrannt.

Wolfgang Haas

Alltags-*Romantik*?

Die Sonnencreme

Thomas hatte vor, dieses Jahr seinen Sommerurlaub ganz anders zu verbringen, als sonst. Er wollte einfach mal zu Hause bleiben und seine schöne, neue Wohnung genießen, wobei er vor allem an den gemütlichen Balkon dachte. Dort könnte er so richtig ausruhen und entspannen und mindestens ein gutes Buch lesen. Weiter hatte er geplant, endlich mal wieder das nahe gelegene Strandbad aufzusuchen - und genau das würde heute gut passen. Das Wetter konnte nicht besser sein: Blauer Himmel, nur einzelne Wölkchen zogen dahin und das Thermometer zeigte bereits jetzt, am Vormittag, 26 °C. Die Badetasche war rasch gepackt und ab ging es mit dem Fahrrad in Richtung Strandbad.

Am Kassenhäuschen war im Moment nicht viel los und so hatte er auch schnell die Eintrittskarte in der Hand. Er wählte ein schönes Rasenstück im Halbschatten und „besetzte" es gleich mit seinem bunten Badetuch. Die Badehose hatte er schon zu Hause angezogen, also nichts wie Schuhe, Hose, T-Shirt abgelegt, ab unter die Dusche und hinein ins kühle Wasser. Zu dieser Zeit war das Strandbad nur wenig bevölkert, so dass er gleich richtig drauf los schwimmen konnte, ohne immer jemand ausweichen zu müssen. Ha, das machte richtig Spaß! So, nun hatte er für den Anfang genug, jetzt wollte er sich in die Sonne legen. Schnell noch die nasse Badehose gegen eine trockene getauscht und dann streckte er sich wohlig auf seinem Badetuch aus und - schlief ein.

Nach einiger Zeit wachte er an irgendeinem Geräusch auf. Er blinzelte in die Sonne, setzte sich auf und was sah er? Neben ihm war gerade eine junge Frau dabei, sich mit Sonnencreme einzuschmieren. Er schaute ihr dabei - von ihr unbemerkt - zu. Sie meint wohl, ich schlafe noch, dachte Thomas. Nun kam der Rücken dran mit Sonnencreme. Aber das ging gar nicht so einfach. Erstens waren die Träger des Bikinioberteils im Wege und zweitens geht es sowieso schlecht bei sich selbst. Er schaute ihr belustigt zu und sie musste das gefühlt haben, denn plötzlich blickte sie ihn an. Sie fand es gar nicht so lustig und meinte: „Das macht Ihnen wohl richtig Spaß, mich zu beobachten, was?" „Ach, entschuldigen Sie, ich musste doch gucken, was neben mir so passiert und außerdem hatten Sie mich ja aufgeweckt." „Oh, dann liegt es wohl an mir, sich zu entschuldigen", war ihre Antwort. „Nein, nein, aber jetzt im Ernst, ich helfe Ihnen gerne beim Eincremen, aber natürlich nur, wenn Sie es auch wollen." Sie schaute ihn an - der ist aber frech, ging es ihr durch den Kopf. „Also, wenn Sie mich schon fragen, dann bitte, aber schön gleichmäßig." Sie reichte ihm die Creme. Er begann ihren Rücken einzuschmieren. „Das machen Sie aber ganz gut", war ihre Bemerkung. „Danke für das Lob, aber vorne müssen Sie sich dann trotzdem selbst eincremen", meinte er scherzhaft. „Sie sind mir aber einer", so ihre Antwort. Sie lächelte und drohte scherzhaft mit dem Zeigefinger. „War ja nur so ein Gedanke", erklärte er. „Warum haben Sie sich aber auch gerade den Platz neben mir ausgesucht?", fragte Thomas. „Das ist eine gute Frage", sagte sie. „Als ich herkam, waren praktisch alle Plätze besetzt, bis auf den einen neben Ihnen. Und warum wohl, denken Sie?" Ohne seine Antwort abzuwarten, fuhr sie weiter: „Weil Sie so laut schnarchten." „Oh, das ist mir aber sehr peinlich." „Braucht es nicht; Sie haben dabei richtig lustig ausgesehen." „Puh, jetzt wird mir richtig heiß, ich muss jetzt gleich ins Wasser, sonst zerschmelze ich noch", übertrieb er. „Ich glaube, das würde mir auch gut tun", meinte sie; „darf ich mit?" „Aber natürlich, das Bad gehört doch nicht mir alleine", war seine Antwort.

Im Wasser begann sie plötzlich ihn anzuspritzen - „zur schnelleren Abkühlung", wie sie erklärte. Und dann spritzte er zurück und schon war eine richtige „Wasserschlacht" im Gange. Das tat gut. „Stopp!", rief sie, „jetzt muss ich erst meine Schulden bezahlen - für das Eincremen - darf ich Sie zu einem Eis einladen?" Er: „Das ist eine gute Idee, warum nicht?" Jeder wählte am Kassenhäuschen sein Lieblings-Eis aus und dieses so richtig genießend, schlenderten sie in angeregter Unterhaltung am Wasser entlang. Sie hatten das Gefühl, als ob sie sich schon lange kennen würden und wünschten sich insgeheim, dass dieser Tag kein Ende nähme.

Ein böser Rempler

Peter hatte verschlafen. Seinen Kaffee konnte er nur halb austrinken. Schon flitzte er die Treppe hinunter und öffnete rasch die Haustüre. Mit einem Schritt war er draußen und da passierte es auch schon: Er prallte direkt gegen eine Fußgängerin. Diese strauchelte, konnte sich aber gerade noch auf den Beinen halten. Ihre Handtasche und der Regenschirm fielen auf den Boden. Jetzt war Peter hellwach. Ihm selbst war nichts passiert, nicht einmal seine Krawatte war verrutscht. Zu dumm, er hatte es richtig eilig. Er wollte heute sehr zeitig im Büro sein, denn er musste eine wichtige Sitzung leiten. Und ausgerechnet heute hatte er verschlafen. Und jetzt auch noch das mit der Passantin. Er hob ihr die Handtasche und den Regenschirm auf und sah ihr dabei ins Gesicht. Sie war hübsch; er schätzte sie auf Mitte zwanzig. Sie war noch wie benommen. „Bitte, entschuldigen Sie vielmals", sagte er, „es ist ganz meine Schuld, Sie können nichts dafür. Ist Ihnen etwas passiert? Habe ich Ihnen sehr wehgetan?", fragte er. „Kann ich Sie ein Stück mitnehmen? Mein Auto steht dort drüben; aber ich habe es sehr eilig." Sie nickte nur wortlos und folgte ihm. Wie sich herausstellte, arbeitete sie in einem Geschäft ungefähr auf halbem Weg zu seiner Arbeit. Er hielt dort an und bat noch einmal um Verzeihung wegen des bösen Remplers. „Ich muss Sie deshalb unbedingt noch mal sehen", ließ er sie wissen. „Hier haben Sie meine Telefonnummer, bitte rufen Sie mich an. Vielleicht kann ich wenigstens ein bisschen wiedergutmachen."

Im Weitergehen entschied sie, ihn nicht anzurufen. Für mich ist die Sache eigentlich ja erledigt. Passiert ist mir nichts, also, was soll´s. Im Geschäft hatte sie alle Hände voll zu tun und so dachte sie bald nicht mehr an den Vorfall. Es vergingen mehrere Wochen. An einem schönen Morgen, sie blätterte gerade die Zeitung durch, fiel ihr Blick auf eine Anzeige folgenden Inhalts: „Bitte melden, bitte melden! Die junge Frau, mit der ich am soundsovielten Mai, beim Heraustreten aus meiner Haustüre, recht unsanft zusammenstieß, möge sich doch bitte dringend unter der Tel. Nr. soundso melden." Aber, aber, dachte sie, da bin ich ja gemeint! Sie wollte die Anzeige eigentlich erst ignorieren, entschied sich dann doch für den Anruf. „Peter Schiedsberger, hallo?" Sie gab sich zu erkennen. Er schien sehr erfreut darüber. „Ich muss Sie unbedingt sprechen, können wir uns treffen?" Sie brachte es nicht fertig ihm das abzuschlagen - sie verabredeten sich auf übermorgen, 19:30 Uhr, am Haupteingang zum Stadtpark. Als sie den Hörer auflegte, war sie richtig aufgeregt, weil sie diesem Treffen zugestimmt hatte, aber sie freute sich zugleich auch darauf. Hier war wohl jemand, der sich für sie interessierte und dieser Jemand hatte dazu noch eine angenehme, sympathische Stimme. Ein Abenteurer? Sicherlich nicht, gab sie sich selbst zur Antwort.

Endlich kam der Zeitpunkt ihres Treffens. „Hallo", sagte er etwas verlegen, „schön, dass Sie da sind." „Ja", meinte sie, „ich wusste eigentlich nicht so recht, was ich tun sollte, aber nun bin ich hier." Peter schlug vor: „Ich kenne hier, gleich um die Ecke, ein kleines Cafe; wir könnten uns dort in Ruhe unterhalten." Sie stimmte zu. Beide bestellten ein Getränk. Sie merkte, dass er sie immer wieder anschaute. Plötzlich trafen sich ihre Blicke und sie fühlte dabei, dass sie errötete. „Wissen Sie", begann Peter die Unterhaltung, „als ich Ihnen damals zurechthalf, da taten Sie mir nicht nur leid, sondern ich empfand richtig Sympathie für Sie. Ich wollte Sie wieder sehen und mit Ihnen darüber reden. Aber - Sie riefen einfach nicht an." Und dann entwickelte sich eine sehr schöne Unterhaltung. Plötzlich schaute sie auf ihre Uhr: „Oh, ich habe noch eine wichtige Besorgung zu machen; ich muss mich jetzt schnell verabschieden. Können wir unser Gespräch fortsetzen?", fragte sie. „Vielleicht schon am kommenden Wochenende? Darf ich Sie anrufen?" „Aber gerne!", konnte er ihr gerade noch nachrufen.

Wolfgang Haas

Alltags-*Romantik*?

Eine besondere Talfahrt

Mike hätte sich für seine Bergtour keinen besseren Tag aussuchen können: Es war sonnig, aber nicht zu warm, am Himmel zogen einzelne Wolken dahin und obendrein ging noch ein laues Lüftchen. Er konnte sich an der Landschaft ringsum kaum satt sehen. Das Schönste aber war die Fernsicht; die Berge - zum Greifen nahe.

Am frühen Morgen schon war Mike mit der Bergbahn hochgefahren. Die Tour hatte er so geplant, dass er am Abend wieder an der Bergstation sein würde. Und da kam er jetzt gerade auch an - zufrieden mit sich und der ganzen Welt. Er genoss den Tag, so alleine mit sich und seinen Gedanken. Nun fühlte er sich richtig erholt und ausgeglichen. Er freute sich auf die Talfahrt mit der Seilbahn und natürlich auch auf ein gutes Abendessen in einem der gemütlichen Restaurants unten im Dorf.

Mike betrat die Bergstation und ging gleich zur nächsten Kabine. Dort warteten bereits ein älteres Ehepaar mit einem kleinen Mädchen - wohl ihre Enkelin - und eine junge Frau mit einem kleinen Jungen - sicherlich ihr Sohn, so dachte er und grüßte freundlich in die Runde. Dann nahm er seinen Rucksack ab - puh, das tat gut. Jetzt wurde auch schon die Kabine zum Einsteigen freigegeben. Der Platz reichte genau für sechs Personen. Drei saßen mit dem Rücken zum Berg, drei zum Tal. Mike hatte als letzter Platz genommen; er saß neben dem Jungen. Die Tür wurde gut verriegelt und schon rumpelte und schwankte die Kabine aus der Station.

Es ging gleich steil abwärts, fast wie im Fahrstuhl. Jeder genoss den Blick, der sich hinunter ins Tal bot. So ging es die nächsten paar Minuten, bis es plötzlich einen Ruck gab und die Kabine leicht schaukelnd stehen blieb. Was ist jetzt los? Jeder schaute jeden an. „Wird wohl gleich weitergehen", meinte Mike beruhigend. „Vielleicht haben wir einen kurzen Stromausfall oder sonst irgend eine kleinere Störung", ergänzte er. Die Erwachsenen nickten zustimmend, sicherlich in der Hoffnung, dass er Recht hatte. Aber nach 10 Minuten standen sie immer noch an der gleichen Stelle - und das über einem ziemlich tiefen Abgrund. Sie wagten kaum hinunter zu schauen.

Das kleine Mädchen fragte ihren Opa: „Was ist denn los, geht es nicht mehr weiter?" „Doch, doch - sicher, mein Kind, bei der Bergbahn wissen die ja, dass wir hier oben sind und außerdem sind wir nicht die Einzigen; es sitzen ja noch andere Kabinen fest." „Wir sollten über den Notruf bei der Polizei anfragen", warf Mike ein. „Ja - und wie denn?", fragte der Opa - „wir haben kein Handy dabei." Da antworteten die junge Mutter und Mike fast gleichzeitig: „Ich habe eines" und beide kramten es aus ihrem Gepäck. „Oh", meinte gleich danach die Frau enttäuscht, „der Akku ist leer"; sie hatte vergessen ihn aufzuladen.

Mike wurde nervös, bloß bei mir nicht auch. Doch sein Handy funktionierte. Er erstattete der Polizei einen kurzen Bericht. Der diensthabende Beamte sagte, dass noch keine Meldung und auch kein anderer Hilferuf eingegangen seien, aber er werde sich sofort um die Sache kümmern. Er bat noch um die Handynummer und versprach, gleich anzurufen, sobald er nähere Informationen habe. Kaum 5 Minuten später kam der Rückruf: „Leider", meinte der Polizist, „habe ich keine gute Nachricht, es ist nämlich ein nicht unerheblicher Schaden im Maschinenhaus aufgetreten, der heute sicherlich nicht mehr zu beheben ist. Die Techniker sind zwar schon unterwegs, aber die Reparatur wird ziemliche Zeit in Anspruch nehmen. Das alles bedeutet, dass Sie sich wohl auf eine Übernachtung in der Kabine gefasst machen müssen, aber Gott sei Dank", fügte er noch an, „geht das auch einigermaßen von der Witterung und der Temperatur her." Der Polizist sagte zu, bei Erhalt weiterer Informationen, sich sofort zu melden.

Puh, das war´s auch schon! Mike machte eine sehr besorgte Miene. „Was ist los?", bedrängten ihn seine Mitfahrer, „sagen Sie es uns!" Mike erzählte, was er von der Polizei gehört hatte. Aber er war nur halb bei der Sache, denn in seinem Kopf überschlugen sich jetzt die Gedanken: Es ist noch hell - es ist Sommer - wir haben gutes Wetter - angenehme Temperatur - haben wir etwas zum Trinken? - etwas zum Essen dabei? - sind alle gesund? - wie machen wir unsere Notdurft? Er war es von seinem Beruf her gewohnt, analytisch vorzugehen. Was soll ich machen?, fragte er sich, soll ich über alle meine Gedanken sprechen? Mike kam zu dem Schluss, dass er dazu verpflichtet sei. Ganz behutsam begann er also zu sprechen. Er schaute dabei auf den Boden der Kabine. Jetzt hob er den Blick und sah dem Mann direkt ins Gesicht. Da bemerkte er, dass dieser ganz blass war. „Ist Ihnen nicht gut?", fragte er. Der Mann konnte nur schwach sagen: „Mein Herz" und fasste sich auch schon mit der Hand dahin. Das kommt von der Aufregung, schoss es Mike durch den Kopf. „Warten Sie, ich habe Herztropfen dabei" und er kramte aus seinem Rucksack die Notfallbox. „Hier, nehmen Sie" und streckte dem Mann ein Stück Zucker hin, auf das er gleich ein paar Tropfen der Medizin gab. Nach wenigen Minuten schon fühlte sich der Mann besser. Mike erntete einen dankbaren Blick der Gattin des Mannes.

„Ja", meinte Mike, „nun sind wir hier die nächste Zeit auf engem Raum zusammen - aber wir packen das." Plötzlich meldete sich der Junge: „Mama, ich muss Pipi." Da haben wir´s, dachte Mike. Die Mutter erwiderte: „Aber Kind, das geht nicht, wir haben hier keine Toilette." „Ich muss aber dringend!" Da mischte sich Mike ein: „Ich glaube, wir kriegen das schon hin. Ich habe eine leere Kunststoffflasche, die schneide ich oben einfach auf und da kannst Du Dein Pipi reinmachen. Wir beide tauschen die Plätze, sodass Du gegen die Türe stehen kannst. Und wir alle schauen ganz weit nach der anderen Seite; so bist Du ungestört, ja?" Die Mutter stimmte sofort zu und so haben sie´s dann auch zusammen geschafft. Mutter und Kind waren heilfroh, dass es so gut ging und bedankten sich herzlich bei Mike. „So", sagte dieser abschließend „und jetzt lassen wir es auf der Erde regnen, obwohl keine einzige Wolke am Himmel steht." Sprach´s, öffnete das kleine Schiebefenster der Kabinentüre und entleerte die Flasche nach draußen.

Mittlerweile war es ziemlich dunkel geworden und die Lampen an den Masten der Seilbahn wurden eingeschaltet, aber diese brachten keine wirkliche Helligkeit, sondern ergaben nur Orientierungspunkte für die festsitzenden Menschen. Ein schwacher Wind kam auf und ließ die Kabine leicht schaukeln. Dies hatte zur Folge, dass alle Insassen mehr oder weniger in einen Dämmerschlaf verfielen; müde waren sie ja ohnehin von der ganzen Aufregung. So vergingen noch fast vier Stunden. Plötzlich schreckten alle auf, weil Mike´s Handy klingelte; es war die Polizei. Sie informierte, dass es, entgegen aller Voraussage, nun doch relativ rasch gegangen sei, den Schaden zu beheben. Die Bergbahn werde deshalb so bis in etwa einer halben Stunde wieder zum Laufen kommen. Mike gab diese Meldung ganz aufgeregt weiter - ein Aufatmen ging durch die Kabine. Alle waren sofort hellwach und sehr gespannt darauf, bis es endlich weitergeht. Eine lebhafte Unterhaltung kam in Gang. Plötzlich gab es einen leichten Ruck und die Kabine setzte sich talwärts in Bewegung. „Endlich! Hurra! Prima!"

In der Talstation entschuldigten sich die Betreiber der Bergbahn über Lautsprecher für das Vorkommnis und luden alle Fahrgäste zu einem Imbiss in das nahe gelegene Restaurant; es sei bereits alles vorbereitet. Inzwischen wurde auch die Zahl der Betroffenen bekannt: 25 Personen. Und diese saßen schließlich auch alle im Restaurant beim Essen zusammen. Große Erleichterung war in ihren Gesichtern zu lesen.

Der kleine Junge wich bis dahin nicht von Mike´s Seite und natürlich war damit auch dessen Mama immer dabei - und so setzten sie sich auch bei Tisch zusammen. Mike und die Mama unterhielten sich recht angeregt; das gefiel dem Jungen

gut. Das wäre der richtige Papi für mich, überlegte er. Und plötzlich fragte er: „Kommst Du uns
besuchen am Sonntag? Das wäre toll! Mama geht
das?" Mama und Mike schauten sich zuerst
fragend an, lächelten schließlich und dann kam es
wie aus einem Munde: „Ja, warum eigentlich
nicht?"

Wolfgang Haas

Alltags-*Romantik*?

Ereignis im ICE

Stuttgart. Frühmorgens. Puh, das wird knapp! Claus musste unbedingt den ICE nach Hamburg erreichen. Er war von seiner Firma beauftragt, dort ein neues Produkt dem Fachpublikum vorzustellen. Zu dumm, dass es unterwegs zum Bahnhof noch eine Umleitung gab, von der er nichts gewusst hatte und dass diese auch noch von starkem Verkehr blockiert war. Endlich! - er war durch und das Fahrzeug gut geparkt. Claus rannte los, so schnell er konnte. Da steht der ICE! Also nichts wie hinein an der nächstliegenden Türe - und der Zug fuhr auch schon an. Geschafft! Bald hatte er das richtige Abteil gefunden und den für ihn reservierten Sitzplatz. Ihm gegenüber saß eine Mittdreißigerin, so schätzte er, soweit das möglich war, das Alter der Frau - sie schlief. Rechts, neben ihr, ein jüngerer Mann. Sicherlich ihr Begleiter. Er las in einer Zeitschrift.

Kaum hatte Claus es sich bequem gemacht, stellte sich bei ihm eine angenehme Müdigkeit ein und seine Augen fielen immer wieder zu. Als der Zug schließlich Reisegeschwindigkeit erreicht hatte, war das Fahrgeräusch so monoton geworden, dass er bald wirklich einschlief. Plötzlich wachte er auf, denn der Zug passierte mit deutlichem Geräusch eine Weiche. Was sah er da?:

95

Sein Gegenüber wühlte ganz nervös in der Handtasche der Frau herum. Das ist nicht der Begleiter der Dame, so wie der sich benimmt, das ist ein Dieb, schoss es ihm durch den Kopf. Nun war er hellwach und zischte den Mann an: „Nehmen Sie sofort Ihre Hand aus der Handtasche!" Der Dieb erschrak, weil er bei frischer Tat ertappt wurde und dazu auch noch die Frau aufwachte. Sie sah sich fragend um. „Hand heraus!", befahl Claus erneut, worauf der Mann blitzschnell seine Hand aus der Tasche nahm und dabei noch einiges vom Tascheninhalt mit herauszog. Die Gegenstände fielen zwischen ihm und der Dame auf den Sitz. Diese erkannte jetzt die Situation und stieß einen Schrei aus. Da sprang der Dieb auf, riss seine Jacke vom Haken, stieß die Abteiltüre auf und hechtete regelrecht hinaus.

„Das ist gerade noch gut gegangen!", stellte Claus erleichtert fest. Die fast Bestohlene war ganz blass im Gesicht. „Wie recht Sie doch haben, aber das verdanke ich allein Ihnen." „Schon gut, gerne" und Claus fügte noch an: „Ich denke, Sie sollten sich etwas ablenken von dem Ganzen. Darf ich Sie in das Zugrestaurant einladen? Dem Taschendieb nun nachzurennen, würde sicherlich nicht viel nützen, denn dieser macht sich jetzt erst einmal unsichtbar." Sie entgegnete lächelnd: „Ich glaube, Sie haben recht, aber wir dürfen kein Gepäckstück hier lassen." Claus nickte und erwiderte - ebenfalls lächelnd: „Und vor allem keine

Handtasche" und fuhr ernster weiter: „Wir sollten das Vorkommnis unbedingt melden, damit der Dieb nicht doch noch Schaden anrichten kann." Im Zugrestaurant angekommen, informierten sie gleich den Ober über den vereitelten Diebstahl. Kurz darauf kam über die Lautsprecheranlage der Hinweis an die Reisenden, gut auf ihr Gepäck zu achten, da ein Taschendieb an Bord sei.

Claus und seine Begleiterin hatten es sich inzwischen in einer Ecke bequem gemacht und etwas zum Trinken und Essen bestellt. „Wo geht Ihre Reise denn hin?", interessierte sie sich. „Nach Hamburg, geschäftlich und dann wollte ich schon immer mal eine Hafenrundfahrt machen." „Und Sie?", er schaute sie fragend an. „Nach Köln, den Dom besichtigen. Aber wenn ich in mich hineinhöre, würde ich lieber auch eine Hafenrundfahrt in Hamburg machen." „Dann tun Sie es doch einfach mit mir zusammen", schlug Claus vor.

Es wurde daraus nicht nur die schönste Hafenrundfahrt, sondern das gemeinsam Erlebte führte schließlich noch dazu, dass Claus und Birgit - so hieß sie - nach einiger Zeit auch miteinander im Hafen der Ehe einliefen.

Wolfgang Haas

Alltags-*Romantik*?

Flug nach Málaga

Der Start in Frankfurt verlief ohne Probleme, obwohl starke Windböen auftraten an diesem Morgen. Inzwischen war das Flugzeug auf Reiseflughöhe angekommen. Also - was sollte da noch schief gehen? David machte es sich bequem in seinem Sitz, lehnte sich noch etwas zurück und schloss die Augen. Er freute sich sehr auf den Urlaub in Spanien. Nicht nur, weil er schon länger keine Auszeit mehr hatte, nein, die Iberische Halbinsel hatte es ihm einfach mit ihrer Schönheit angetan. Er war früher mit den Eltern ein paar Mal dort gewesen und liebte gleich von Anfang an die Landschaft, das besondere Licht der Sonne, die feinwürzige Luft, die wohlige Wärme und nicht zu vergessen! - das Meer.

Jetzt öffnete er wieder die Augen und schaute mal um sich. Der Flieger war fast bis auf den letzten Platz besetzt. Die Menschen dösten vor sich hin, lasen etwas, oder unterhielten sich - soweit er das alles von seinem Platz aus erkennen konnte. Sein Blick blieb an einem Mann, schräg vor ihm, hängen. Dieser schaute immer wieder nervös um sich. Dann suchte er etwas in seiner Tasche, die er aus dem Fußraum hervorgeholt hatte und - fand es offenbar nicht. Daraufhin verstaute er die Tasche wieder unter dem Vordersitz.

Jetzt saß er eine Weile ganz ruhig da und blickte stur geradeaus. Nach einiger Zeit begann der beschriebene Vorgang von neuem. David konnte das ziemlich gut sehen, denn er hatte einen Gangplatz, wie der von ihm beobachtete Passagier auch. David war schon richtig fasziniert von dem sich wiederholenden Vorgang.

Plötzlich schoss es ihm durch den Kopf: Ob der Mann wohl böse Absichten hat und sich vor lauter Aufregung so komisch benimmt? Das wäre ja furchtbar - nicht auszudenken! Ich muss unbedingt mit einer der Stewardessen darüber sprechen. Aber ganz unauffällig, nur - wie mach´ ich das bloß? Dass die Passagiere in der Umgebung dieses Mannes noch nichts bemerkt haben, das ist schon komisch, dachte er. Gut, der Platz neben ihm ist unbesetzt und auf der anderen Seite ist der Gang. Vielleicht sind auch nicht alle so aufmerksame Beobachter wie ich? In seinem Kopf liefen die Gedanken nur so.

Ich gehe jetzt einfach zur Toilette, vorne beim Cockpit. Dort, in der Ecke, ist meistens auch eine Stewardess anzutreffen. Er versuchte, sich so normal wie nur irgend möglich, nach dorthin zu bewegen. Als er an dem Verdächtigen vorbeikam, hatte dieser gerade wieder seine „starre Position" eingenommen. Zum Glück befand sich in jener Ecke eine Stewardess! Ihr berichtete er sogleich, was er beobachtet hatte. Sie beruhigte ihn und versprach, auf diese Person jetzt auch ein besonderes Augenmerk zu haben. Er bot ihr an, sich nach dem Toilettengang, unter irgendeinem Vorwand, neben diesen Herrn zu setzen und zu versuchen, mit ihm in ein Gespräch zu kommen. Diese Idee fand sie ganz gut und sie sagte ihm, dass sie jetzt auch gleich den Kapitän vorsichtshalber informieren würde.

David ging zurück an seinen Platz und überlegte angespannt, wie er dem Herrn am plausibelsten seinen Platzwechsel erklären könnte. Da fiel ihm die zu starke Zugluft der Klimaanlage an seinem Platz ein; das wäre sicher ein guter Vorwand. Schon stand er neben dem Herrn und bat ihn, sich neben ihn setzen zu dürfen. Durch die Klimaanlage würde es an seinem Platz zu sehr ziehen, erklärte er ihm. Er durfte - das wäre geschafft! Nun versuchte er sehr vorsichtig ein Gespräch in Gang zu bringen: „Fliegen Sie zum ersten Mal nach Málaga?" „Nein." „Werden Sie dort Ihren Urlaub verbringen?" „Ja." „Direkt in Málaga, oder in der Umgebung?" „In der Umgebung." „Haben Sie schon ein Hotel gebucht?" „Nein." „Oh, dann könnte ich Ihnen eine gute Adresse empfehlen." „Sehr interessant!" So ging es noch eine Zeit lang weiter, bis der Herr plötzlich unter den Vordersitz griff und seine Gepäcktasche heraufholte. Während er hineingriff, zischte er aufgeregt: „Sie mit Ihrem dummen Gefrage!" und - förderte eine Pistole zu Tage. David handelte reflexartig und schlug ihm mit einem kräftigen Schlag die Waffe aus der Hand. Sie landete ein paar Meter weiter vorne auf dem Gang, dabei löste sich ein Schuss. Die dort sitzenden Passagiere schrieen entsetzt auf und suchten irgendwie Deckung in ihren Sitzen. Der Mann fluchte und packte David am Hals. Die Stewardess, mit der David gesprochen hatte, kam gerade aus dem Cockpit. Sie erkannte sogleich die gefährliche Situation, stürzte herbei, hob blitzschnell die auf dem Boden liegende Pistole auf und richtete diese gegen den Mann. „Loslassen!", schrie sie laut. Im gleichen Moment konnte David sich mit einem geschickten Griff selber befreien und den Mann einigermaßen festhalten. Hier kam ihm wieder einmal sein Dienst bei der Polizei zu Gute. Inzwischen eilten vom Cockpit der Copilot und vom Heck ein Steward herbei. Zusammen konnten sie den Mann endgültig überwältigen und ihm Handschellen anlegen, die sich für solche Fälle immer an Bord befinden. Der Schuss hatte sich - wie man feststellte - in einer prall bepackten Reisetasche, unter einem der Sitze, verfangen und so praktisch keinen schlimmen Schaden angerichtet.

Ein Aufatmen ging durch das ganze Flugzeug und man konnte die Erleichterung der Menschen förmlich spüren. Plötzlich begannen die um David sitzenden Passagiere zu applaudieren, worauf dann alle anderen Passagiere mit einfielen. Der

Copilot lief zurück Richtung Cockpit, nahm das Mikrofon und erklärte den Passagieren das Geschehene und dessen guten Ausgang. Dabei stellte er vor allem den großen Mut von David heraus. Dann kehrte er zu David zurück und bat ihn, mit in das Cockpit zu kommen. Dort umarmte ihn der Kapitän und sprach ihm seinen besonderen, herzlichen Dank aus, auch im Namen der Crew. Danach meldete sich der Kapitän über die Bordlautsprecher und bot jedem der Passagiere ein Freigetränk seiner Wahl an - zur „Entspannung", wie er hinzufügte. Allmählich wurde die Stimmung an Bord gelöster. Der Mann war inzwischen ins Heck der Maschine verbracht worden. Zusätzlich zu der Sicherung mit Handschellen, hatte man ihn auch noch am Sitz festgebunden.

Bald wurde Málaga erreicht. Alle Passagiere, bis auf den Gefangenen natürlich, verließen das Flugzeug. Erst als der letzte Fluggast die Maschine verlassen hatte, holte die Polizei den Mann ab. David war von der Stewardess, der er am Anfang seine Beobachtungen mitgeteilt hatte, gebeten worden, bis zum Schluss an Bord zu bleiben, um dann mit der Crew das Flugzeug zu verlassen. Der Kapitän lud ihn, mitsamt der Crew, zum Abendessen ein. Er nahm die Einladung gerne an. Man feierte ihn dann dort ganz groß als ihren Retter - aber er winkte immer wieder bescheiden ab, sehr froh darüber, selbst gut davon gekommen zu sein.

Die besagte Stewardess saß neben David am Tisch. Was ihm angenehm auffiel: Sie wich auch nachher nicht von seiner Seite. Und bei einer passenden Gelegenheit nahm sie ihn einfach in die Arme und gab ihm ganz schnell einen Kuss auf die linke Wange. Dabei flüsterte sie: „Danke, danke, danke." Er schaute sie verblüfft an; sie hatte Tränen in den Augen. Das berührte ihn so sehr, dass er seinen Arm um sie legte. „Nicht weinen, es ist doch alles gut gegangen", sagte er und es durchströmte ihn eine sonderbare Wärme; er mochte diese Frau plötzlich sehr, mit ihren großen Augen in einem hübschen Gesicht und ihrer Art, Gefühle zu zeigen. Er fragte: „Kommen Sie mich besuchen? Ich habe zwei Wochen Urlaub. Dazu habe ich mir in der Nähe von Benálmadena ein kleines Appartement angemietet. Wir könnten vielleicht gemeinsam etwas unternehmen, etwa mit einem Boot wegfahren? Das wäre sehr schön für mich." „Ja", hauchte sie, „ich komme gerne" und schaute ihn lieb an.

Flugreise vor Heiligabend

Endlich saßen wir wieder im Flugzeug nach Madrid! Der Tag war sehr anstrengend verlaufen: In Amsterdam mussten wir einen wichtigen Kunden beruhigen und von unseren erweiterten Qualitätsmaßnahmen überzeugen. Dabei hatten allerdings nicht wir den ganzen Vorgang zu verantworten, sondern unsere Fertigung. Als Entwicklungsfachleute erarbeiteten wir im Labor eine Lösungsmöglichkeit des Problems, die wir dem Kunden vorstellten. Wir waren für eine deutsche Firma in der Nähe von Madrid tätig.

Sehr früh flogen wir - mein Chef und ich - in Madrid los. Es war der Tag vor Heiligabend. Uns war etwas mulmig zumute, deshalb sprachen wir im Flieger unsere Vorgehensweise beim Kunden durch. Wir wussten, dass in Amsterdam die englische Sprache Verhandlungssprache sein wird. Mein Chef beherrschte das Englisch besser als ich, also würde er das Gespräch führen - soweit möglich. Meine Aufgabe war es, die Laborergebnisse zu präsentieren und durch Zwischenfragen an den Kunden meinem Vorgesetzten „Luft" zu verschaffen für die Auswahl weiterer Argumente. Unsere Taktik bewährte sich und die Verhandlung verlief relativ gut, obwohl wir zwischendurch manche herbe Kritik einstecken mussten.

Zum Schluss stiegen wir in Schiphol ziemlich kaputt, aber erleichtert, in eine kleinere Maschine der KLM, die uns zunächst nach Zürich brachte. Dort mussten wir in ein größeres Flugzeug der Swissair umsteigen. Es gab keinen Direktflug von Amsterdam nach Madrid, aber das machte uns nichts aus, Hauptsache, wir kamen nach Hause! Schon beim Betreten der Swissair-Maschine wurden wir freudig überrascht: Zum einen begrüßte uns die Crew sehr freundlich und dann war der Flieger richtig weihnachtlich geschmückt: Von der Kabinendecke und teilweise von den Wänden glänzten goldene Sternchen und an größeren Wandflächen war frisches, mit Lametta behängtes Tannen-Reisig befestigt. „Oh, guten Abend", grüßte ich freundlich zurück, „das sieht aber hübsch aus, so richtig weihnachtlich und romantisch", setzte ich noch hinzu. „Gefällt es Ihnen?", wurde ich gefragt. „Ja, sehr!" Die Stewardessen strahlten.

Schnell hatten wir unsere Sitzplätze ausgemacht und das Gepäck verstaut. Links und rechts des Ganges gab es je drei Sitzplätze; wir saßen links. Auf dem Fensterplatz hatte bereits eine junge Frau Platz genommen. Ich saß neben ihr und zum Gang hin mein Chef. Bald war das Flugzeug in der Luft und erreichte auch recht rasch die Reiseflughöhe. Wir beide kamen so langsam mit unserer Nebensitzerin ins Gespräch. Das Übliche eben: Woher, wohin, wo wohnen Sie, wo arbeiten Sie? So tauschten wir uns halt aus. Dann wurde auch schon das Abendessen serviert. Was es gab, weiß ich nicht mehr, aber ich weiß noch, dass es sehr lecker war - und einen großen Hunger hatte ich obendrein. Ich bestellte für mich dazu einen spanischen Rotwein, einen Rioja. Mein Vorgesetzter: „Oh, da schließe ich mich an." Zu der Frau neben mir sagte ich: „Möchten Sie nicht auch so etwas trinken? Morgen ist doch Heiligabend und man sitzt ja nicht immer am Vorabend eines solch schönen Festes in einem Flugzeug und schwebt sozusagen durch den Himmel." Nun - sie wollte auch einen Rotwein.

Wir ließen es uns schmecken und munden. Jetzt bestellten wir drei schließlich noch je ein weiteres Fläschchen. Die Stimmung wurde immer besser. Wir unterhielten uns sehr angeregt und lachten viel dabei. Das führte dazu, dass sich auch um uns herum die Stimmung immer mehr hob. Da tauchte unsere Stewardess auf: „Darf ich Ihnen noch einen Wein bringen? Mir gefällt das einfach, wenn Passagiere fröhlich sind - und das besonders heute - das wirkt richtig ansteckend." Sie durfte jedem von uns drei noch ein Fläschchen bringen. Wir begründeten unsere Zustimmung damit, dass wir in Madrid ja von unseren Frauen, bzw. vom Ehemann abgeholt werden und somit heute nicht mehr selbst Auto fahren müssten. Um uns herum tauchten immer neue Köpfe aus den Sitzen auf: Es wollten halt immer mehr

Leute bei unserer Unterhaltung mit dabei sein. Bald waren wir eine richtig große, lustige Truppe.

Der Flug verging für uns - so schien es - im wahrsten Sinne des Wortes „wie im Flug". Schon war der Flieger in Madrid gelandet. Da huschte noch schnell unsere Stewardess, die uns ja so gut bedient hatte, herbei und drückte jedem von uns dreien eine kleine Plastiktasche in die Hand, mit der Bemerkung: „Ich habe noch ein paar Fläschchen Rotwein eingepackt, für Sie und Ihre Frauen - Ihren Mann - und ich wünsche Ihnen frohe Weihnachten und nochmals vielen Dank für die schöne Stimmung an Bord." „Oh, vielen, herzlichen Dank dafür" - wir waren richtig gerührt. So etwas hatten wir noch nie erlebt.

Beim Verlassen der Maschine stand dann noch die ganze Crew parat und verabschiedete die Fluggäste.

Wenn´s doch nur immer so angenehm und romantisch an Bord wäre, dachte ich.

High Heels

Für heute Nachmittag hatte Kevin beschlossen, endlich mal wieder den Zoo zu besuchen. Die Neuzugänge an Wildtieren interessierten ihn sehr und überhaupt - im Zoo ist immer was los. Es war ein heißer Tag. Zum Glück erwischte er gerade noch den letzten, überdachten Parkplatz für sein Auto, so dass er für die Heimfahrt ein relativ kühles Fahrzeug erwarten konnte.

Schon näherte sich Kevin dem Kassenhäuschen. Kurz vor ihm ging eine schlanke, jüngere Frau; allem Anschein nach auch in Richtung Kasse. Da - plötzlich knickte sie mit dem rechten Fuß ein und wäre fast gestürzt, wenn er nicht geistesgegenwärtig zugesprungen wäre und sie gerade noch aufgefangen hätte. „Puh - noch mal gut gegangen", sagte er zu ihr. „Oh ja, das stimmt wirklich, aber nur dank Ihres raschen Eingreifens." „Was ist denn passiert, meine Dame?" Diese Frage hatte sich eigentlich schon erübrigt, denn jetzt sah er den Grund ihres Strauchelns: Ein abgebrochener Schuhabsatz - und was für einer, ein richtiger High Heel! „Und damit wollen Sie in den Zoo?", war seine vorwurfsvolle Frage. „Nein - ja - doch", antwortete sie kleinlaut, „es sieht halt einfach gut aus." Das stimmt allerdings, dachte Kevin.

„Und jetzt, was machen Sie jetzt?", fragte er. „Jetzt", meinte sie kurz entschlossen, „jetzt ziehe ich beide Schuhe aus und laufe barfuss." „Gute Entscheidung", sagte Kevin „und nachdem wir uns schon mal getroffen haben, von mir dazu ein faires Angebot: Wenn ich Sie begleiten darf, dann trage ich Ihre Schuhe und passe auf, dass Sie sich nicht noch gar eine Zehe aufstoßen." Jetzt schaute sie ihn mit ihren großen, dunklen Augen an: „Das wäre ja eine richtig tolle Idee, nur - dazu sollten Sie mich aber an der Hand führen, dass ich besser über die kleinen Steinchen hinweg komme." „Gut, damit habe ich absolut kein Problem", gab er zur Antwort. Und so machten es die Beiden schließlich auch. Klar, dass sie sich dabei näher kamen, zumal sie ja von ihm geführt wurde. Sie fand es eigentlich richtig schön, so an seiner Hand zu gehen. Bald nannten sie sich beim Vornamen. „Wenn ich Sie schon an der Hand halten soll", war seine schelmische Begründung, „dann müssen wir uns zumindest mit dem Vornamen anreden - also ich bin der Kevin." „Und ich die Karin."

Zwischendurch aßen sie eine Kleinigkeit, was eine gute Gelegenheit zu einer intensiveren Unterhaltung bot. Später gab sie zu erkennen, dass sie jetzt genug vom Barfusslaufen habe und eigentlich müde sei und nach Hause wolle. „Ja", war Kevins Antwort, „mir geht es ähnlich, gehen wir also in Richtung Parkplatz." Auf dem Wege dorthin mussten sie eine Straße überqueren, d.h. sie wollten, denn als Karin den ersten Fuß auf den von der Sonne aufgeheizten Asphalt setzte, schrie sie auf: „Da kann ich nicht hinüber, ich verbrenne mir ja die Fußsohlen!" „Kein Problem", erwiderte Kevin, „dann werde ich Sie - Dich - jetzt ganz einfach hinüber tragen." Und ohne ihre Reaktion abzuwarten, nahm er sie auf seine Arme. Unterwegs zur anderen Straßenseite, schlang Karin plötzlich ihre Arme um seinen Hals, mit der Begründung: „Dass Du es etwas leichter hast" - und blickte ihn so treuherzig an, dass er ihr fast einen Kuss gegeben hätte - fast!

Nachdem er sie dann wieder abgesetzt hatte, meinte er: „So - wir könnten das Ganze doch einfach noch einmal machen, vielleicht schon am kommenden Wochenende? Voraussetzung ist natürlich, dass es Dir genau so gut gefallen hat, wie mir und - dass Du wieder einen High Heel zur „Strecke" bringst." Darüber mussten sie sehr herzlich lachen. Schnell war der Zeitpunkt für das nächste Treffen abgesprochen. Beide konnten es bis dahin kaum erwarten …

Wolfgang Haas

Alltags-*Romantik*?

Im Aufzug

Nadine hechtete zum Aufzug und erwischte gerade noch den richtigen Knopf - die Türe ging wieder auf. Glück gehabt! Sie musste fünf Stockwerke höher und hatte es sehr eilig. Aber bereits nach zwei Stockwerken Fahrt stoppte der Aufzug. Die Türe ging auf und herein kam ein netter, junger Mann. „Hallo!", „hallo!", so die gegenseitige Begrüßung. Sie fuhren zusammen weiter nach oben. Nadine hatte jetzt ihr Ziel erreicht und verließ den Aufzug. „Tschüß!" „Tschüß!" Der junge Mann fuhr noch höher.

Nach ungefähr zwei Stunden betrat Nadine wieder den Lift, um nach unten zu kommen. Wer stand bereits im Aufzug? Der junge Mann von vorhin. Er lächelte sie an. Sie lächelte zurück. Dann kam von ihm die Bemerkung, die ja nun unbedingt kommen musste: „Falls wir uns heute ein drittes Mal begegnen, habe ich einen Wunsch frei!" Nadine: „Ha, das würde Ihnen so passen, aber keine Angst, das wird bestimmt nicht stattfinden." Er: „Mal abwarten, der Tag ist noch nicht zu Ende."

Nach weiteren drei Stunden wurde Nadine zur Direktion gerufen. Diese befand sich zehn Stockwerke höher, also war wieder der Aufzug zu benutzen. In Gedanken versunken wartete sie vor der Aufzugstüre. Endlich öffnete sich diese. Sie trat ein; es war schon jemand drin. Nadine hob den Blick und schaute direkt in das Gesicht des besagten, jungen Mannes. „Hallo, herzlich willkommen zum dritten Male! Jetzt kann ich mir aber etwas wünschen - ei, wer hätte das gedacht?" Nadine lachte laut. Dieser Kerl, was der sich einbildet, dachte sie, aber - trotzdem fand sie ihn irgendwie gut und sympathisch. Und sie hatte sich insgeheim ja selbst schon auf eine dritte Begegnung gefreut, aber natürlich wusste sie genau, dass diese wohl eher nicht stattfinden würde. Ihre Antwort: „Schön langsam, da denke ich erst mal darüber nach."

Plötzlich gab es einen Ruck, die Kabinenbeleuchtung flackerte und - der Aufzug stand. „Oh, mein Gott", entfuhr es Nadine „und auch noch zwischen den Stockwerken, hoffentlich ist das nicht schon die Erfüllung Ihres Wunsches!" „Nein, nein, überhaupt nicht, aber mit Ihnen jetzt so alleine im Lift, das gefällt mir ja schon ein bisschen." Sie: „Wollen Sie nicht besser den Notruf betätigen?" „Doch, doch, gleich, aber erst möchte ich Ihnen sagen, dass Sie das Hübscheste sind, was mir heute begegnet ist und das auch noch gleich dreimal und immer am selben Ort. Wenn das kein Glück für mich ist!" Nadine: „Schön für Sie, aber bitte jetzt den Notruf …" Aber der Mann rührte sich überhaupt nicht.

114

„Gut!", so sie weiter, „das kann ich schließlich ja auch selber machen. Dazu brauche ich Sie gar nicht!", setzte sie, etwas gereizt, noch hinzu. Und schon bewegte sie ihre rechte Hand in Richtung Notrufknopf. „Halt!", rief er, „ich brauche noch eine Antwort von Ihnen, bevor wir hier wieder heraus kommen" und hielt kurz entschlossen ihre Hand fest.

„Das ist ja - Erpressung!", empörte sie sich. „Nein, nein!", rief er, „ich will doch nur unser Bestes" und lächelte sie an. „Was heißt hier unser Bestes, Sie meinen wohl Ihr Bestes." „Nein, oder besser ja, ach, ich weiß jetzt auch nicht mehr richtig, was ich sagen wollte oder sollte", war seine, schon fast bestürzt klingende, Antwort. Nun war sie es, die lächelte. Dieser Junge gefällt mir, dachte sie. „Nun lassen Sie mich aber endlich den Knopf drücken", bat sie ihn. „Ja, das dürfen Sie auch, sobald Sie meine Einladung zum Abendessen angenommen haben." „Sie böser Erpresser, Sie - Sie - ja, ich nehme Ihre Einladung an" und lachte dabei verlegen. Dann entzog sie ihm ihre Hand, schnippte ihn mit ihrem Zeigefinger schon fast zärtlich am Kinn und drückte den Notruf. Huch, dachte sie, der Junge weiß aber gut, was er will und er gefiel ihr noch mehr.

Wolfgang Haas

Alltags-*Romantik*?

Im Kino

Holger war schon lange nicht mehr im Kino. Es hatte einfach nie richtig gepasst. Heute könnte es jedoch klappen - müsste es eigentlich klappen - zumal auch noch ein ganz berühmter Film gezeigt wurde. Er konnte zum Glück etwas früher Feierabend machen, aß zu Hause noch eine Kleinigkeit und dann befand er sich auch schon mit seinem Auto in Richtung Kino. Aber bereits an der dritten Straßenkreuzung stoppte es. Wie er sah, hatte sich weiter vorne ein Unfall ereignet. Die Polizei leitete den Verkehr um. Das fängt ja gut an, dachte er, wo ich sowieso nicht zu früh dran bin, ich werde wohl den Anfang des Films verpassen.

Endlich erreichte er das Kino. Auto geparkt, Eintrittskarte gekauft. Leise öffnete er die Türe zum Kinosaal. Der Film lief bereits. Trotz des abgedunkelten Raumes fand er rasch seinen Sitzplatz. Rechts von ihm saß jemand, links war der Platz frei. Der Jemand ist eine Frau, mehr konnte er in der Dunkelheit nicht feststellen, zumal ihn auch gleich die Handlung des Films gefangen nahm. Nach einiger Zeit wurde eine sehr leidvolle, zu Herzen gehende Szene dargestellt, bei der eine junge Frau den Verlust ihres Mannes und ihrer kleinen Tochter, infolge eines Autounfalls, beklagte. Die Handlung rührte ihn so sehr an, dass er sich der Tränen kaum erwehren konnte. Seiner Sitznachbarin ging es wohl auch so, denn sie wischte sich immer wieder die Augen. Plötzlich begann sie leise zu weinen und wollte auch gar nicht mehr aufhören: Sie war durch die Szene ganz direkt an einen ähnlichen Unfall, den liebe Freunde vor einigen Jahren erlitten, erinnert worden.

Ihr Weinen mit anzuhören tat ihm richtig weh. Was sollte er nur machen? Er wollte ihr so gerne helfen. Da - ohne es eigentlich zu wollen - legte er behutsam seine rechte Hand auf ihren linken Arm. Schon erschrak er über sein unbedachtes Vorgehen und wollte die Hand wieder zurückziehen. Das musste seine Nachbarin gefühlt haben, denn im gleichen Moment legte sie ihre rechte Hand auf seine Hand: Es tat ihr einfach nur gut, jetzt, so ganz direkt, den Kontakt zu einem Menschen zu spüren. Holger empfand ihre Reaktion als sehr angenehm und menschlich. Die Frau beruhigte sich langsam wieder und nahm ihre Hand zurück. Er ebenso.

Als der Film zu Ende war und das Licht anging, schauten sie sich zuerst einmal an. Bis dahin konnten sie kaum erkennen, mit wem sie es jeweils zu tun hatten. Zwar versuchten sie immer wieder - ganz verstohlen und ohne dass es bemerkt werden sollte - von der Seite etwas mehr zu sehen, aber in der Dunkelheit war da einfach nur wenig zu machen. Welch hübsches Gesicht sie doch hat, ging es ihm durch den Kopf. Ihre Gedanken waren ähnlich: Was für ein sympathischer Mensch. Und jeder schätzte ab, dass die andere Person so im eigenen Alter sein müsste. Sie lächelten verlegen. „Haben Sie ganz lieben Dank", sagte sie. „Aber, aber - keine Ursache", entgegnete er. „Doch, doch." „Gehen wir hinaus?", fragte er schließlich nach einer kleinen Pause. „Ja."

Wie fange ich es bloß nur an, überlegte er, ich muss mit dieser Frau unbedingt in ein Gespräch kommen. „Wissen Sie was", fiel ihm da ein, „wir könnten uns im Foyer doch noch ein bisschen zusammensetzen - falls Sie Zeit haben. Dort besteht auch die Möglichkeit, etwas zu essen und zu trinken - darf ich Sie einladen?", fügte er an. Sie nickte lächelnd. Es wurde für beide ein wunderschöner Abend und - dabei blieb es nicht, denn heute sind sie das glücklichste Paar der Welt und sie reden immer wieder über den ergreifenden Film, der dies zu Wege brachte.

Wolfgang Haas

Alltags-*Romantik?*

Im Reisebüro

Holger kam, wie immer, auf dem Nachhause-
weg vom Betrieb, am Reisebüro vorbei. Dieses
Mal blieb er, einer inneren Eingebung folgend,
stehen, um die Sonderangebote zu studieren.
Eines davon sagte ihm sofort zu: „Eine Woche
Gran Canaria, All Inclusive, Reise in der zweiten
Märzwoche, Preis 590,- €." Das wäre es!, dachte
er, nachdem ich sowieso dringend Urlaub brauche
und zumal der Reisezeitraum auch noch außerhalb der Ferienzeit liegt, die ja den Kollegen mit
Familie vorbehalten bleiben sollte.

Also - nichts wie hinein und die Reise bu-
chen, war sein Entschluss. Vor ihm stand eine
junge Dame am Schalter, die bereits bedient wurde. Eigentlich wollte er nicht hinhören, was da
gesprochen wurde. Als er aber plötzlich die Worte „Gran Canaria" vernahm, wurde er hellhörig.
„Ja", sagte die Büroangestellte, „da haben Sie
aber Glück, es ist nämlich das letzte Zimmer, ein
Doppelzimmer sogar, damit ist das Angebot geschlossen; wir müssen nachher gleich das Schild
abhängen." „Sch …!", wollte Holger sagen, aber
er besann sich anders: „Oh, das ist sehr schade",
sagte er ziemlich laut. Die Angestellte hob überrascht den Blick und die Kundin drehte sich zu
ihm um. Da fragte die Angestellte: „Bitte, warum

schade?" „Ja, weil ich da auch hinwollte! - und jetzt ist alles ausgebucht." „Das tut mir aber sehr leid für Sie." „Ja, danke, aber was nützt mir das?", war seine Antwort.

Dann sagte er zu der Kundin: „Herzliche Gratulation! Ich freue mich, dass es bei Ihnen gerade noch geklappt hat." Darauf die Angestellte des Reisebüros bedauernd: „Schade, wenn Sie Partner wären ..." Und plötzlich, als ob sie eine Eingebung hätte, fügte sie an: „Machen Sie doch einfach auf Partnerschaft, Sie brauchen ja nur so zu tun. Jeder verbringt diese eine Woche auf seine Art und Weise, nur nachts, da müssten Sie halt das Doppelbett teilen. Nachdem Sie aber Erwachsene sind, bekommen Sie das sicherlich unbeschadet hin. Alles ist ja nur eine Frage der Organisation und Disziplin", meinte sie schmunzelnd.

Holger war total verblüfft ob dieses Vorschlags. Die Kundin nicht minder. Sie musterte Holger von oben nach unten und von unten nach oben: Eigentlich ist er ja ganz akzeptabel, man könnte sich an ihn gewöhnen, dachte sie. Holger ging es wohl ebenso, denn er hatte die junge Dame auch kritisch angeschaut: Ein nettes, hübsches Mädchen, war seine Schlussfolgerung. Dann kam aus beider Munde, fast wie auf Kommando, ein befreiendes Lachen. „Nun, da sollte man darüber nachdenken", meinte Holger. Sprach aber dann zu der Kundin: „Bitte, meine Dame, Sie bestim-

men und nicht ich, Sie haben das Zimmer gebucht." Darauf sie: „Puh, das ist jetzt aber eine
Entscheidung, ich bin richtig platt. Aber nachdem
ich schon immer mutig war, stimme ich diesem
außergewöhnlichen Vorschlag zu." Dann, an die
Reisekauffrau gewandt, sagte sie: „Schreiben Sie
doch bitte noch den Namen dieses Herrn in meine
Reisebuchung; wie heißen Sie noch gleich?"
„Holger Krüger." „Gut, ich bin Sabrina Jost."
„Das ist dann jetzt auch geklärt und damit beginnt
also unser gemeinsames Abenteuer", stellte Holger fest. Sabrina: „Aber wenn es zu abenteuerlich
wird, dann werfe ich Sie einfach aus dem Zimmer
und beschwere mich bei Ihnen", wobei sie die
Angestellte anschaute. Diese entgegnete: „Gut,
abgemacht, aber ich habe keine Angst, dass hier
etwas schief geht. Alles wird gut werden" und sie
lachte herzlich.

Nachdem die Beiden bezahlt hatten, verließen
sie das Reisebüro. Draußen riet Holger: „Wir
sollten uns doch noch näher kennen lernen, auch
die wichtigsten Informationen austauschen. Was
halten Sie davon? - dort, in der kleinen Kneipe
und er wies mit der Hand über die Straße, könnten wir uns noch eine halbe Stunde zusammensetzen." Sabrina war einverstanden. Bei einem
Glas Secco besprachen sie alles Notwendige,
tauschten Adressen und Tel.-Nummern aus. Sie
kamen überein, dass sie sich am Reisetag zur
gleichen Zeit am Checkin-Schalter der Flugge-

sellschaft einfinden. So könnten sie zusammen einchecken und - falls sie das möchten - mit Sitzplätzen nebeneinander. Dazu nahmen sie sich vor, dies spätestens zwei Tage vor dem Abflug noch telefonisch abzusprechen. Beim Auseinandergehen bemerkte Sabrina etwas verschmitzt: „Eigentlich sind wir beide doch ganz schön verrückt." Holger´s Antwort: „Da kann ich nur zustimmen" und fuhr weiter: „Also, wenn wir schon als Paar auftreten, dann sollten wir uns zumindest duzen." Sie war auch dafür.

Der Tag der Abreise war gekommen. Zwei Stunden vor dem Abflug trafen sich Holger und Sabrina am Checkin. Holger: „Na, aufgeregt?" Sie: „Ein bisschen schon." „Das legt sich wieder", meinte Holger und setzte fort: „Hoffentlich hast Du inzwischen keine Zweifel bekommen, wegen unseres gemeinsamen Vorhabens?" „Nein, überhaupt nicht", war ihre Antwort, „im Gegenteil, ich freue mich schon fast auf dieses Abenteuer." „Mir geht es ähnlich: Die ganzen Tage, bis heute, habe ich immer wieder darüber nachgedacht, manchmal auch etwas skeptisch, aber jetzt freue ich mich echt." „Na, dann - es gibt sowieso kein Zurück mehr!"

Bald hatten sie eingecheckt, mit zwei Plätzen nebeneinander. Die Koffer waren auf dem Band um die Ecke gerollt. Und jetzt ging es mit dem Bus zum Flugzeug. In der Maschine galt es das

Gepäck zu verstauen; er half ihr dabei. Die Sitze wurden eingenommen und man machte es sich bequem. Sabrina hatte einen guten Fensterplatz. Nach kurzer Zeit rollte das Flugzeug zur Startbahn, schwenkte dort gleich in die Piste ein und ohne erst noch anzuhalten, begann der Start. Dieser Moment gefiel Holger immer am Besten: Das „In-die-Sitzlehne-gedrückt-werden", sobald der Pilot „Gas" gab und die Bremsen löste. Dabei schaute er in das Gesicht von Sabrina: Sie saß ganz ruhig da und war etwas blass. „Ist Dir nicht gut?", fragte Holger besorgt. „Eigentlich nicht, aber ich habe ein bisschen Flugangst." „Oh, das tut mir leid", entgegnete Holger, „Du brauchst keine Angst haben, es wird alles gut gehen" und griff dabei vorsichtig nach ihrer linken Hand, die sie ihm bereitwillig überließ. „Ich halte Dich richtig fest, dann passiert Dir bestimmt nichts." Holger lächelte sie dabei an - und sie erwiderte das Lächeln, etwas verkrampft zwar, aber sie lächelte. Nachdem das Flugzeug eine größere Höhe erreicht hatte, wollte er ihre Hand wieder freigeben, aber Sabrina gab Holger zu verstehen, dass sie gerne noch so bleiben möchte. Er fand das schön! Nach einer Weile lobte er sie: „Dass Du trotz Flugangst fliegst, finde ich sehr mutig." „Ja, ich muss das doch, sonst wird meine Angst immer größer; nur so habe ich sie in etwa unter Kontrolle."

Der Flug dauerte ca. vier Stunden. Als die Treppe herangefahren war, öffnete die Stewardess gleich die Türe. Ein warmer, würziger Luftstrom drang in die Kabine. Wie gut das tat, nun hier zu sein. Rollfeldbus, Gepäck am Band holen, mit dem Shuttle-Bus zum Hotel, dort einchecken. Alles lief wie am Schnürchen. Dabei behandelte man sie immer wie ein Ehepaar und - das gefiel ihnen irgendwie allmählich.

Sie machten sich auf den Weg zum Zimmer. Dort gab Holger dann zu verstehen, dass er ja eigentlich nur „geduldet" sei und ihr folglich - natürlich auch als Kavalier - den Vorrang lasse beim Auswählen der Schubladen, bei der Wahl der Schrankhälfte, im Bad beim Abstellen der Flacons und Cremes und überhaupt, wie Sie das Zimmer persönlich „gestalten" wolle. „Aber nicht doch", war ihre Antwort, „Du hast doch genau soviel bezahlt wie ich, also sprechen wir das als gleich berechtigte Partner ganz einfach ab." Schließlich war alles ohne Probleme an seinem Platz untergebracht. Da meldete sich Sabrina: „Eigentlich hätte ja jetzt jeder von uns die Zeit bis zum Abendessen zur freien Verfügung. Dort wären wir dann spätestens wieder zusammen, weil uns sicherlich der Oberkellner ein gemeinsames Tischchen anbieten wird. Wir könnten aber jetzt auch erst mal miteinander auf eine kleine Erkundungstour gehen, um zu sehen, wo wir da überhaupt sind." Holger: „Prima Idee."

Zuerst erforschten sie das Hotelgebäude, dann die Pavillons und natürlich die kleineren und größeren Parks. Im Hotel und den Pavillons gab es mehrere Bars, wo man einen Drink nehmen konnte, oder einen kleinen Snack und die sicherlich auch am Abend Gemütlichkeit boten. Die Parks waren wunderschön angelegt und immer in einer bestimmten Farbharmonie gehalten.

Nun durfte aber ein Abstecher zum Strand hinunter nicht fehlen. Dazu brauchten sie nur ein Stück durch die Parkanlagen zu gehen. Wie schön das war, noch ein wenig am Wasser entlang zu schlendern und dazu auch noch in guter Begleitung. Bald galt es aber, wieder zum Hotel zurück zu kehren; dort stand inzwischen das Abendbuffet bereit.

Sie erhielten - schon wie selbstverständlich - ein Zweiertischchen zugewiesen. Nun ließen sie es sich schmecken, tranken einen guten Wein und unterhielten sich prächtig. Im Anschluss folgte - nahezu „automatisch" - ein gemeinsamer „Verdauungsspaziergang", wie Sabrina es ausdrückte, zum Strand. Der Mond war schon aufgegangen, kein Vollmond zwar, aber trotzdem schön groß. Ein laues, angenehmes Lüftchen wehte. Kurz gesagt: Es war eine ganz besondere Abendstimmung. Und da hätte Holger am liebsten Sabrina an der Hand geführt, aber - er traute sich nicht. Und Sabrina hätte das sogar gerne gehabt - aber sie sagte es ihm nicht. Trotzdem genossen sie es sehr, einfach so zu gehen und zu plaudern.

Zum Schluss genehmigten sie sich an einer der Bars einen guten Drink, wobei sie beschlossen, den Tag hiermit ausklingen zu lassen. Auf ihrem Zimmer angekommen, ließ er ihr den Vortritt bei der Abendtoilette. Als sie wieder aus dem Bad kam, trug sie einen hübschen, kurzen Schlafanzug. „Oh", war Holger´s Reaktion, „der steht Dir aber ausgezeichnet!" Sabrina wurde leicht verlegen, fing sich aber gleich wieder und forderte Holger auf: „So, nun bist Du aber dran, das Bad ist frei."

Schließlich lagen sie - zum ersten Mal in diesem Urlaub und damit auch in ihrem Leben - nebeneinander im Bett; sie rechts, er links, auf der Fensterseite. „Gute Nacht, schlaf gut!" „Danke, Du auch!" Weder er, noch sie traute sich, im Dunkeln irgendeine Unterhaltung über diesen ersten Urlaubstag zu führen. Und so schliefen beide auch schon bald ein. In der Nacht erschrak Sabrina, weil ein anderer Fuß in ihrem Bett war. Ach ja, klar - Holger! Der schlief aber fest und tief. Sie hatte nicht den Mut seinen Fuß einfach mit ihrem Fuß wegzuschieben und rollte sich deshalb ein Stück nach der anderen Seite.

Am anderen Morgen war Sabrina als Erste wach. Sie schlich leise ins Bad und erledigte ihre

Morgentoilette. Dann weckte sie Holger, indem sie das Radio leise anstellte. „Guten Morgen, das Bad ist frei für Dich!" Holger blieb nichts anderes übrig, als aufzustehen. Es wurde wieder ein schöner Tag für beide. Sie erzählten sich viel Persönliches und dadurch ergab sich ein immer vertrauterer Umgang miteinander.

Nun die zweite Nacht im Doppelbett: Holger streckte wieder einen Fuß hinüber zu Sabrina, die natürlich daran aufwachte. Dieses Mal nahm sie mit ihren beiden Füßen Holger´s Fuß vorsichtig in die „Zange". Aber Holger merkte überhaupt nichts davon - er schlief ganz tief.

Am nächsten Tag, beim Bummel am Strand, stolperte Sabrina unversehens und wäre fast gestürzt, wenn Holger sie nicht gerade noch hätte auffangen können. Dabei kamen sie sich natürlich sehr nahe und was tat da Sabrina? Sie gab Holger einfach einen Kuss auf die Wange. Worauf er sie noch fester in den Arm nahm und behutsam ihren Mund küsste. Sie waren total verwirrt - aber es war wunderschön. Nach einem kurzen Moment der Sprachlosigkeit lachten sie fröhlich und gingen Hand in Hand weiter. Am Abend, an einer der gemütlichen Bars, bei einem wunderschönen spanischen Rotwein, saßen sie ganz verliebt eng zusammen - ein Barhocker hätte für beide gut gereicht. Auch dieser Abend war dann irgendwann zu Ende. Sie strebten eng umschlungen ihrem

Zimmer zu. Insgeheim „fürchteten" sie sich vor dieser Nacht, wieder so nah zusammen im Doppelbett. Als sie schließlich in das Bett gefunden hatten und das Licht gelöscht war, flüsterte Sabrina: „Darf ich ein bisschen rüberkommen und - kuscheln?" „Welch eine Frage!" Und sie kuschelten …

Die restlichen Tage auf Gran Canaria vergingen wie im Flug für die Verliebten. Bald waren sie wieder zu Hause. Eine Woche wohnten sie in Sabrina´s Wohnung, dann eine Woche in Holger´s. So ging das eine geraume Zeit. Und sie wussten inzwischen ganz fest: Wir zwei gehören zusammen! Deshalb suchten und fanden sie auch eine größere Wohnung, die für beider Möbel ausreichend Platz bot. Nun stand der Erfüllung ihres größten Wunsches, der Hochzeit, nichts mehr im Wege. Sie wollten heiraten, weil sie meinten, so noch viel fester und inniger zueinander zu gehören. Als Trauzeugin wünschten sie sich unbedingt die Mitarbeiterin des Reisebüros. Diese nahm ihre Einladung gerne an. Und jetzt freuten sie sich sehr darauf, die „Ursache" ihrer Liebe bei ihrem großen Fest mit dabei zu haben.

In anderen Umständen

Pit war auf dem Weg nach Hause. Er hatte heute früher aufgehört im Labor. Einmal, weil er Überzeit abfeiern wollte und zum Anderen - und das war eigentlich das Wichtigere, weil es ein wunderschöner, warmer, fast schon heißer Sommertag war, den es auszunützen galt. Er wusste zwar überhaupt noch nicht richtig, was er unternehmen wollte, aber das war ja gerade das Schöne an diesem Nachmittag.

Bequem saß er in seinem Wagen, hörte Musik, das Gebläse der Klimaanlage rauschte leise und er war eigentlich ganz zufrieden mit sich und der Welt, zumal kurz zuvor in der Firmenkantine auch noch sein Lieblingsgericht aufgetischt worden war. Eigentlich war er ja leicht zufrieden zu stellen, überlegte er, aber - er lebte halt immer noch alleine in seiner schönen, neuen Wohnung; die Richtige lief ihm bislang noch nicht über den Weg.

Gerade fuhr er am Rande der sehr belebten Fußgängerzone vorbei. Weiter vorne war die Bushaltestelle der Stadtlinie zu sehen. Dort wartete eine Person. Vermutlich war der letzte Bus erst vor kurzem hier weggefahren, sonst stände ja nicht nur eine einzelne Person da, ging es ihm durch den Kopf. Es war eine Frau, sie hatte den Schatten der Überdachung aufgesucht. Sie war hochschwanger, wie er beim Näherkommen feststellte und hielt sich an einer Stütze der Überdachung fest; es schien, als ob ihr die Beine wegknicken wollten. Sie fasste sich an die Stirne. War ihr schwindelig geworden ob der Wärme? Und da: Schon sackte sie langsam in sich zusammen.

Pit hatte das alles beobachtet; er fuhr ja nicht schnell. Aber jetzt gab er Gas und rauschte regelrecht in die Bushaltestelle. Stoppte, sprang aus dem Auto und eilte zu der Frau. Diese saß inzwischen schon fast auf dem Boden. „Ist Ihnen schlecht? Kann ich Ihnen irgendwie helfen?", fragte er und versuchte gleichzeitig sie wieder auf die Beine zu stellen. Das ging zum Glück mit aller Kraftanstrengung. „Auf die Sitzbank", bat die Schwangere, „ich muss mich unbedingt hinsetzen." Sie schafften es gemeinsam gerade noch. „Ich habe kühles Wasser dabei, möchten Sie …?" „Oh ja, etwas trinken würde mir gut tun." Nach wenigen Minuten schon fühlte sie sich tatsächlich wieder besser. Pit saß immer noch neben ihr auf der Bank und beobachtete sie heimlich, soweit das überhaupt heimlich möglich war. Sie war jung, er schätzte sie auf knapp 25 Jahre. Sie war ausnehmend hübsch und hatte dazu noch eine nette Art des Benehmens. Natürlich war sie durch ihren „Umstand" entsprechend eingeschränkt und ihrem Gesicht konnte man die Mühe ansehen, die ihr diese Situation bereitete. Was Pit feststellte: Ihre Gegenwart tat ihm auf irgendeine Weise gut und er empfand, dass auch sie so fühlte.

„Wie geht es Ihnen? Sollten wir nicht besser ein Krankenhaus aufsuchen?", fragte er. „Mir geht es wieder ziemlich gut und was das Krankenhaus betrifft, da bin ich ja vorher erst hergekommen." „Oh, das wusste ich nicht und - was haben Sie jetzt vor?" „Nun, sobald der nächste Bus kommt, fahre ich nach Hause." „Das kann ich so nicht zulassen; Sie alleine", wandte er ein, „ich werde Sie mit meinem Wagen nach Hause bringen!" „Vielen Dank für das Angebot, aber das kann ich nicht annehmen - Sie kennen mich ja nicht einmal." „Das müssen Sie einfach annehmen, bitte und - das Kennenlernen, das lässt sich sicher noch nachholen, oder? - Nun, ich bin auf jeden Fall der Pit", setzte er hinzu „und Sie?" „Ich heiße Maren." „Na, dann wäre das schon mal geklärt", sagte Pit lächelnd. Sie nahm sein Angebot an und ließ sich vor ihrer Haustüre absetzen. Dann bedankte sie sich sehr herzlich für die „liebe Hilfe", wie sie sagte. Im letzten Moment kam ihm der Gedanke, ihr sein Namenskärtchen zuzustecken. „Für alle Fälle", meinte er „und wenn Sie Hilfe brauchen; Sie müssen mich dann unbedingt anrufen, bitte."

Wenige Tage später, es war kurz vor 20:00 Uhr, klingelte Pit´s Telefon. „Hallo?" „Ja, hallo, guten Abend, ich bin die schwangere Frau von neulich an der Bushaltestelle; Sie erinnern sich noch?" „Ja, natürlich", so Pit. Sie: „Es ist nämlich …, weil …, ich …, ich bin im Krankenhaus, ich habe gestern Nachmittag entbunden; es ist ein Junge." „Oh, herzlichen Glückwunsch dazu! Ist alles gut gegangen? Ist das Kindchen wohlauf? Und - sind Sie wohlauf?" „Ja, es ging alles gut und uns beiden geht es prima." „Das freut mich aber sehr, darf ich Sie besuchen?" „Ja, oder besser nicht - ich weiß nicht - machen Sie sich doch bitte keine Umstände wegen mir. Sie haben ja schon so viel für mich - für uns - getan." „Aber ich bitte Sie, ich möchte das und ich mache das auch wirklich gerne." „Nun, wenn Sie das unbedingt wollen, dann freue ich mich natürlich riesig darauf", war Maren´s Antwort.

Am nächsten Spätnachmittag besuchte er die frischgebackene Mutter und ihr Söhnchen. „Hallo", sagte er leise beim Betreten des Zimmers in der Entbindungsstation. „Hallo." Maren strahlte und hielt ihr Baby hoch. „Oh, wie süß", meinte er und streckte ihr den Blumenstrauß entgegen, den er für sie gekauft hatte. „Nochmals ganz herzlichen Glückwunsch." Pit zog einen Stuhl heran und setzte sich neben das Bett der jungen Mama. „Na - und was sagt denn der Papa zu einem solch süßen Baby?" „Der Papa?", fragte sie ernst, „es ist mein Freund, oder besser, er war mein Freund. Er hat sich gleich zurückgezogen, als er hörte, dass ich in anderen Umständen bin; er möchte nichts damit zu haben." „Das tut mir aber sehr leid für Sie und den Kleinen", entgegnete Pit. „Muss es aber nicht, ich habe gute Pläne, wie es weitergehen könnte", war ihre Antwort. Pit: „Wenn ich Ihnen dabei helfen kann … ?" und er nahm ihre rechte Hand in seine beiden Hände. Sie schauten sich lange wortlos an. Sollte er wohl … ?, dachte sie. Sollte sie wohl … ?, überlegte er. Beide kamen für sich selbst zu dem Schluss, dass es so ist - das wäre ja wunderbar, aber keiner wusste es vom Andern - noch nicht! Sie hatte sich schon längst eingestanden, dass sie von Anfang an für ihn eine große Sympathie empfand. Es folgte eine schöne Unterhaltung, in der sie schnell zum vertrauten Du fanden. Das Baby lag neben Maren im Bett und schlief friedlich. Pit betrachtete es voller Freude.

„So, jetzt lasse ich Euch Beide wieder alleine, sonst wird es für Dich zu anstrengend. Aber darf ich morgen wieder kommen?", fragte Pit etwas schüchtern. Sie: „Welche Frage! Ich freue mich schon jetzt darauf!" Pit: „Ich mich auch, dann also - bis morgen."

Wolfgang Haas

Alltags-*Romantik?*

Lauter Zufälle

Sie stand vor ihm am Checkin - Schalter. Schöne Beine, gute Figur, lange, dunkle Haare, so sein prüfender Blick. Die Schalterdame reichte ihr den Personalausweis zurück. Ihr Koffer entfernte sich auf dem Laufband. Im Weggehen drehte sie sich etwas um; er konnte kurz ihr Gesicht erkennen. Hübsche Frau, dachte er, dann musste auch er schon sein Ticket, sowie den Personalausweis vorlegen. „Haben Sie einen besonderen Platzwunsch?", fragte ihn die Dame. „Nein, wählen Sie einfach einen aus", gab er zur Antwort. Dann setze ich ihn einfach neben die Kundin, die gerade hier war, dachte sie. Sein Koffer rollte auch weg.

Er begab sich in den Wartebereich. Kurz darauf war auch schon Bordingtime. Im Flugzeug hielt er gleich Ausschau nach seinem Platz. Auf die Distanz konnte er feststellen, dass er wohl neben einer Frau sitzen wird, zumindest trug diese Person lange Haare. Es war eine Frau - und zudem auch noch jene, die vor ihm eincheckte! „Hallo!", sagten er und sie fast gleichzeitig. Er nahm seinen Platz ein. Sie war sehr müde, denn bald nach dem Abflug schlief sie ein und wollte auch kaum zum Essen aufwachen. Am Ziel ging es gleich mit dem Bus in Richtung Hotel. Am

Tresen füllte er den Gästeschein aus und - neben ihm die Frau aus dem Flieger ebenfalls. Jetzt wurden die neuen Gäste von der Hoteldirektion willkommen geheißen. Bei dieser Gelegenheit erhielten sie gleich die Zimmer-Chipkarte ausgehändigt. Da es schon später Abend war, gab es nur noch einen Imbiss.

Nach einem tiefen, traumlosen Schlaf machte er sich am Morgen auf zum Frühstücksraum. Ein Kellner führte ihn zu einem Zweier-Tischchen. Hier hatte schon jemand einen Platz belegt. Und dieser Jemand ist jetzt bereits am Frühstücksbuffet, dachte er. Also machte er sich auch auf zum Buffet. Als er zurückkam - er traute seinen Augen nicht - wer saß bereits da? Es war die Sitznachbarin aus dem Flugzeug! „Ach - Sie schon wieder" - entfuhr es ihm und er schob gleich nach: „Entschuldigung, das meinte ich natürlich nicht so." „Entschuldigung ganz meinerseits", entgegnete sie, „ich kann mir gleich einen anderen Tisch suchen - aber der Kellner hat mich hierher geführt." „Nein, nein, bitte bleiben Sie hier, mir ging es doch genau so." Er lächelte sie an: „Dann muss es ja wohl so sein - zufällig." Während des Frühstücks beobachtete er sie immer wieder ganz heimlich und was tat sie? Gleiches. Beide bemerkten dies natürlich voneinander. Er dachte: Welch eine angenehme Person. Und sie kam zu dem Schluss: Sympathisch ist er ja. Nachdem sie gleichzeitig das Frühstück beendeten, erhoben sie sich auch miteinander und verließen schon fast zwangsläufig zusammen den Frühstücksraum. Bislang sprachen sie nur wenig miteinander: Wo kommen Sie her? Wie lange bleiben Sie hier? Hoffentlich bleibt das Wetter schön …

Auf dem Weg zu ihren Zimmern: Die Aufzugstüre stand bereits offen; er gab ihr den Vortritt. Gleiches tat er beim Drücken der Stockwerkstaste. Da sie aber etwas unschlüssig war, kam er ihr zuvor. Ganz in Gedanken drückte sie auf seinen Finger - sie brauchte die gleiche Etage. „Entschuldigung", meinte sie etwas verlegen. Er: „Aber - ich bitte Sie, wofür?" Als der Lift hielt, stiegen sie aus und gingen, ohne es zu bemerken, in die gleiche Richtung. „So", sagte er, „hier ist mein Zimmer" und war schon im Begriff, die Chipkarte für die Türöffnung durch den Schlitz zu ziehen. „Moment mal" - sie schien irgendwie aufzuwachen - „ich bin ja auch schon da, ich habe das Zimmer links von Ihnen. Aber - das gibt es doch nicht", meinte sie weiter, „eine solche Anhäufung von Zufällen in nur zwei Tagen!" „Ja", lachte er, „wenn das nun kein gutes Zeichen ist, dann weiß ich auch nicht mehr." „Was machen Sie …", sie kamen nicht weiter; beide sagten dieselben Worte, im selben Moment und waren jetzt ganz sprachlos. Sie hatte sich schneller gefasst: „So in etwa einer halben Stunde würde ich gerne den Strand erkunden." „Darf ich Sie begleiten?", fragte er, „vier Augen sehen mehr."

„Aber - ja, warum nicht?", war ihre Antwort. Nun hatte auch sie ihre Zimmertüre geöffnet; „also, bis nachher" und lächelte ihn an. In diesem Moment spürten beide, dass wundervolle Urlaubstage vor ihnen lagen und dass danach vielleicht noch nicht das Ende sein wird.

Margit

Es sprach sich schnell herum unter den Kindern in der Nachbarschaft: In Haus Nummer 21 soll wieder eingezogen werden! Man sagte, es sei eine Familie mit zwei Kindern. Das ist ja prima, dann sind wir zwei mehr beim Spielen, freuten sich die Kinder. Der Tag des Einzugs kam. Möbel wurden abgeladen und in das Haus geschleppt. Weiter beobachteten die Kinder: Es sind zwei Erwachsene, also wohl die Eltern und es sind zwei Jugendliche, ein etwas älterer Er und eine etwas jüngere Sie. Sind das die Kinder? Ja, sie waren es. Er bereits 18 Jahre alt, sie erst 12. Was?, erst 12 Jahre?, dabei sieht sie doch eigentlich älter aus, überlegten die Kinder. Einige Jungs meinten unter sich: Die macht aber einen guten Eindruck - sie ist schlank, hat dunkle, lange Haare, eine leicht dunkle Hautfarbe, ist hübsch, ja, das ist sie und überhaupt, sie sieht fast schon aus wie eine richtige Frau! Fred dachte das natürlich auch und fragte sich, ob die wohl mit uns allen auf der Straße spielen möchte? Aber wir könnten schon recht gut Zuwachs brauchen, vor allem bei unseren beiden Mannschaften für Völkerball und Volleyball.

Die neue Familie wohnte inzwischen schon einige Tage hier. Auf der Straße war wieder einmal ein Völkerballspiel in vollem Gange, da kam sie, die Neue. Die Jungs vergaßen - vor lauter gucken - weiter zu spielen. Das ist aber ein tolles Mädchen, jetzt erst recht, so ganz aus der Nähe betrachtet. So etwas hatten sie noch nie in ihrer Straße. Fred dachte: Und dazu ist sie auch noch schick gekleidet. Sie hatte nämlich eine der erst kürzlich in Mode gekommenen Caprihosen an - und dazu auch noch aus feinem, schwarzem Stoff und mit Schlitzchen am Aufschlag. Eigentlich sieht sie aus wie meine Traumfrau, sagte sich Fred. Wie gut, dass ich schon 13 Jahre alt bin! Immerhin ein ganzes Jahr älter als sie; das würde passen. Natürlich durfte Margit, so hieß sie, gleich mitspielen.

Das Mädchen war einfach irgendwie anders, als die anderen Mädchen, das hatte Fred gleich bemerkt. Vielleicht nicht mehr so kindlich? Er fand sie jedenfalls sympathisch und sehr interessant. Bald schwärmte er richtiggehend für sie. Oft hielt er am Fenster Ausschau nach ihr. Wie freute er sich, wenn er sie auch nur für einen kurzen Moment zu Gesicht bekam. Seiner Mutter blieb das natürlich nicht verborgen. „Was schaust Du denn so oft zum Fenster hinaus?" „Ooch", war seine Antwort, „ich gucke halt nur einfach ein bisschen spazieren." Toll war es für ihn, mit Margit in der gleichen Mannschaft zu spielen. Da kam er ihr oft sehr nahe, manchmal rempelte man sich gegenseitig sogar an - unbeabsichtigt, versteht sich - das gefiel ihm schon.

Den jungen Männern in der Gegend blieb der hübsche Zuzug natürlich nicht verborgen. Sie kamen vor ihr Haus und passsten sie ab. Einer fuhr sogar mit dem Moped vor. Klar, da hatten die Jungs keine Chance mehr, Fred mit eingeschlossen. Dies führte bei ihm so langsam zu einer inneren Trennung von Margit. Davon wusste sie aber nichts, denn er hatte ihr ja noch nie seine Zuneigung eingestanden. Allmählich begann er den Mopedfahrer zu hassen. Und wie freute er sich dann, als eines Tages - der Mopedfahrer stand wieder zusammen mit Margit vor dem Haus - Margits Mutter zum Fenster heraus rief: „Margit, komm endlich nach Hause! Du mit Deinen 12 Jahren, was denkst Du denn eigentlich, von wegen Freund und so!" Richtig, dachte Fred, wenn ich Margit schon nicht bekomme, dann soll sie auch kein anderer haben!

Wolfgang Haas

Alltags-*Romantik*?

Singstunde

Fred musste, wegen seiner beruflichen Weiterbildung, für einige Zeit in die Großstadt ziehen. Er hatte zentrumsnah eine günstige, möblierte Einzimmerwohnung gefunden. Nach kurzer Zeit erwies es sich jedoch, dass es dort, nachtsüber, oftmals sehr laut war. Gut, dachte er, das muss ich wohl in Kauf nehmen. Nachdem sich aber im Sommer die Wohnung auch noch stark aufheizte, wechselte er in eine etwas außerhalb, in leichter Hanglage liegende, kleine Wohnung.

Wie von zu Hause gewohnt, wollte er in der hier für ihn zuständigen Kirchengemeinde im Gesangchor mitwirken. Die Singstunden waren jeweils dienstagabends. Er machte sich also zum entsprechenden Zeitpunkt auf den Weg, stellte sich dem Dirigenten vor und dieser machte ihn mit dem Chor bekannt. Im Chor war gut zu singen und er fühlte sich gleich recht wohl in dem neuen Kreis, zumal ihm schon bei seiner Ankunft eine junge Frau aufgefallen war, die ihn recht freundlich begrüßte. Er empfand sie als eine angenehme und hübsche Person. Schick fand er zudem ihre Hochfrisur, die ihr sehr gut stand.

Wieder war eine Singstunde angesagt. Fred freute sich darauf und ging zeitig von zu Hause weg. War es ein Zufall? - genau an der Stelle, an welcher der Fußweg, den er als Abkürzung benützte, in den Gehweg der Hauptstrasse einmündete, traf er auf die junge Frau mit der Hochfrisur. Darüber war er freudig überrascht, denn das hatte er absolut nicht erwartet. „Oh, guten Abend! - auch Richtung Singstunde?", war seine Frage. „Ja, ganz richtig getippt", gab sie zur Antwort. Fred weiter: „Können wir zusammen gehen?" „Aber natürlich, warum nicht?" Nun folgte ein angeregtes Gespräch und das Kirchengebäude wurde dabei „viel zu früh" erreicht.

Nach der Übungsstunde wollte er sich von der jungen Frau verabschieden - aber sie war schon weg. Vermutlich hatte sie noch etwas vor, so seine Überlegung. Als er aber auf die Straße trat, stand sie etwas abseits und wartete. Sie wird doch nicht gar auf mich warten?, durchfuhr es ihn. Sein Herz klopfte. „Ach, Sie sind ja noch da, ich dachte - Sie wären schon gegangen?" „Nein", so ihre Antwort, „wir könnten doch den Heimweg zusammen antreten, oder?" „Aber klar, natürlich, gerne", meinte er total überrascht und fügte noch an: „Und dabei unsere Unterhaltung fortsetzen." Und das taten sie dann auch ausgiebig, denn an der Stelle, an der Fred in den Fußweg abbiegen sollte, verweilten sie noch längere Zeit. Es wurde eine recht angenehme Unterhaltung und sie empfanden eine deutliche Sympathie füreinander. Aber schließlich mussten sie sich dann doch trennen. Beide freuten sich schon sehr auf den nächsten Dienstag. Und der kam auch schnell herbei und wieder einer und wieder einer ...

Bald gestanden sie sich ihre gegenseitige Zuneigung ein. Sie trafen sich natürlich schon lange nicht mehr nur dienstags, sondern fanden dazu immer wieder eine besondere Gelegenheit. Zum Schluss mündete alles in eine Verlobung, der auch bald die heiß ersehnte Hochzeit folgte. Es wurde eine große Liebe daraus, die auch noch heute, nach über 47 Jahren, anhält.

Wolfgang Haas

Alltags-*Romantik* ?

Spanischkurs

Gitte verbrachte nun schon ein paar Mal ihren Urlaub in Spanien, in der Nähe von Marbella. Es gefiel ihr dort gleich beim ersten Mal so gut, dass sie die nächsten Jahre wieder so buchte und sogar immer im gleichen Hotel wohnte.

Sie konnte sich zwar gut auf Englisch verständigen, aber das reichte ihr zwischenzeitlich nicht mehr. Ich werde spanisch lernen, dann erschließen sich mir Land und Leute besser, überlegte sie und wollte da auch absolut keine Zeit mehr verlieren. Also meldete sie sich gleich nach dem letzten Urlaub, zu Hause, bei der Volkshochschule, zur Teilnahme an einem Anfängerkurs an.

Am ersten Kurstag fanden sich 9 Frauen und 1 Mann ein. Diese Teilnehmerzahl reichte gerade noch aus, um den Kurs überhaupt starten zu können. Infolge der geringen Anzahl war es der Lehrerin möglich, alle recht häufig zur Mitarbeit heranzuziehen. So ging es relativ rasch vorwärts und darüber war Gitte sehr erfreut.

Der einzige Mann entpuppte sich als ein sehr gelehriger und fleißiger Schüler. Mit seinen Fragen und Anregungen trug er viel dazu bei, dass sich die Unterrichtsstunden kurzweilig und inte-

149

ressant gestalteten. In der Pause und nach der Kursstunde unterhielt sich Gitte öfters mit ihm über den behandelten Unterrichtsstoff. Sie tat das recht gerne, denn er war ein sehr sympathischer Gesprächspartner; sie mochte ihn sogar schon ein bisschen. Und was sie merkte: Auch er suchte immer wieder ihre Nähe!

Was Gitte außerdem noch mitbekam: Eine andere Kursteilnehmerin, ungefähr in ihrem Alter, begann sich ebenfalls für ihn zu interessieren und sie zeigte es ihm auch, indem sie immer wieder versuchte, ihn in ein Gespräch zu verwickeln. Gitte wurde hellhörig; sie wollte das nicht zulassen, denn sie erhoffte sich ja selbst mehr Nähe zu ihm. Was könnte sie da nur unternehmen? Da fiel ihr ein, dass zurzeit ein bekannter, spanischer Film, mit deutschem Untertitel, im Filmtheater gezeigt wurde. Den könnte sie ja mit ihm zusammen anschauen - zu Übungszwecken - versteht sich - und das vielleicht gleich morgen. Gitte machte ihm diesen Vorschlag; er war gleich einverstanden.

Als sie sich dann abends zeitig im Foyer des Filmtheaters trafen, lud er sie zu einem Gläschen Secco ein, mit der Bemerkung, man könne sich so entspannter auf den Film konzentrieren, wobei er lächelte. Weiter meinte er: „Jetzt besteht ja auch eine schöne Gelegenheit, dass wir endlich auf Du machen und darauf anstoßen, zumal wir im Spanischkurs doch schon ein sehr gutes Team bilden! Also, ich bin Denis" und hielt ihr sein Glas hin. „Und ich bin die Gitte" - stießen an und wünschten sich weiterhin guten Erfolg im gemeinsamen Spanischlernen.

Bald saßen sie ganz bequem in ihrem Sessel und der Film begann. Gitte und Denis konnten dem gesprochenen Wort, mit Hilfe des deutschen Untertitels, gut folgen. Vorteilhaft war dabei die Handlung des Films: Eine zarte, junge Liebe mit anfänglichen, großen Schwierigkeiten, die aber dann doch noch ein Happyend fand. Die Schauspieler stellten ihre Rollen einfühlsam und ergreifend dar. Dies verfehlte natürlich nicht seine Wirkung auf Gitte und Denis: Sie schauten sich immer wieder - fast wie abgesprochen - an. Trotz der Dunkelheit konnten sie deutlich die Rührung des Anderen erkennen. Als der Film zu Ende war, suchte er ihre rechte Hand, drückte sie fest und sagte: „Vielen Dank für Deinen Vorschlag, diesen Film anzusehen!"

Inzwischen waren beide ziemlich hungrig geworden. Da kam Gitte die Frage von Denis gerade recht, ob sie nicht noch etwas essen sollten, vielleicht gleich in dem kleinen Restaurant, das sich hier, im selben Gebäude, befand? Sie stimmte ihm sofort zu. Beim Essen konnten sie sich ausführlich über sich selbst austauschen. Denis lebte allein: „Die Richtige ist einfach noch nicht aufgetaucht - bis vor Kurzem noch nicht", fügte er lächelnd an. Und Gitte? Sie trennte sich vor ca. 1 Jahr von ihrem Freund, nachdem sie ihn mit einer anderen Frau ziemlich intim gesehen hatte.

Beim nächsten Spanischtermin war Denis vor Gitte im Unterrichtsraum. Da gesellte sich die andere Kursteilnehmerin zu ihm, die auch immer wieder das Gespräch mit ihm gesucht hatte. Sie begrüßte ihn recht freudig und erkundigte sich sehr interessiert nach seinem Befinden; es wirkte fast übertrieben. Denis war davon etwas befremdet. Dann betrat Gitte den Raum und - Denis strahlte. Er ging ihr entgegen, begrüßte sie freudig, nahm sie kurzerhand in den Arm und gab ihr ein Küsschen auf die Wange. Davon war sie völlig überrascht und wurde richtig verlegen. Und Denis ging es ziemlich ähnlich; er war über sich selbst hinausgewachsen und erkannte sich kaum wieder …

Als die andere Frau das sah, wurde ihr klar, dass sie hier nichts mehr ausrichten konnte und auch nicht wollte. Sie gönnte ihrer Kurskollegin das Glück, aber neidisch war sie schon etwas - und ein bisschen weh tat es auch.

Straßenüberquerung

Schon von Weitem sah er die alte Dame am Straßenrand stehen. Offensichtlich wollte sie die Straße überqueren, traute sich aber nicht wegen des starken Verkehrs. Ich geleite sie auf die andere Seite, entschloss er sich. Er konzentrierte sich im Weitergehen so sehr auf die alte Dame, dass er die ihm entgegen kommende, junge Frau nicht bemerkte. Diese wiederum war mit ihren Gedanken auch ganz bei der Dame: Sie wird es alleine bestimmt nicht schaffen; ich muss ihr unbedingt über die Straße helfen.

Jetzt hatte er die Dame erreicht, sprach sie kurz an und bot ihr seinen Arm. Dann streckte er die Hand aus, um den Verkehr zu stoppen. In seinem großen Eifer entging es ihm, dass die junge Frau zur gleichen Zeit bei der Dame unterhakte. Nun überquerten sie also zu dritt die Fahrbahn. Erst kurz vor Erreichen der anderen Straßenseite stellte er fest, dass er nicht der Einzige war, der sich um die Dame bemühte. Die Fußgängerin bedankte sich dann sehr herzlich bei ihren beiden Helfern und setzte ihren Weg alleine fort.

„Hallo", sagte er endlich zu der jungen Frau, „ich glaube, ich habe wohl ziemlich geschlafen, denn ich hatte Sie überhaupt nicht gleich bemerkt." Darauf sie: „Ja, im Gegensatz zu mir - ich hatte Sie nämlich sofort gesehen." „Und jetzt, was machen wir beide?", war seine Frage. „Ich denke, wir sollten wieder zurück auf die andere Straßenseite", kam als Antwort. „Gut, damit ich aber nicht leer zurückgehe", meinte er schelmisch, „würde ich auch Sie gerne hinüber geleiten. Bitte haken Sie sich doch einfach bei mir unter." Und was machte sie? - sie tat es. Sie wusste zwar nicht warum, aber es war irgendwie angenehm an der Seite dieses Mannes zu gehen und dazu auch noch an seinem Arm. Drüben angelangt, gingen sie - ohne es zu bemerken - einfach so weiter. „Oh", meinte er nach einer Weile, „wir sind ja immer noch zusammen, ist das schlimm?" Ihre Antwort: „Überhaupt nicht, ich finde es sogar schön" und dabei schaute sie ihn lächelnd von der Seite an. Hübsch ist sie, besonders mit ihren Lachgrübchen, dachte er. Und was waren ihre Gedanken?: Der macht aber einen recht ehrlichen und sympathischen Eindruck und strahlt irgendwie Ruhe und Sicherheit aus.

Nach längerem Schweigen meldete er sich schließlich: „Leider muss ich Sie jetzt alleine weitergehen lassen, da ich inzwischen bei meiner Firma angelangt bin. Aber könnten wir nicht unseren gemeinsamen Gang fortsetzen und zwar so bald wie möglich? Wir wissen ja herzlich wenig voneinander, um nicht zu sagen gar nichts und das sollte sich unbedingt ändern." Wie er ihr doch aus dem Herzen sprach! „Ja, natürlich, gerne und wann? Machen Sie doch bitte einen Vorschlag." Schnell fanden sie zusammen einen Termin, notierten ihre Handy-Nummern - und dann legte er beim Auseinandergehen ganz leicht seinen Arm um sie. Und er verspürte gerne, dass sie sich dabei vorsichtig an ihn schmiegte. Er bedankte sich herzlich für ihre Begleitung und sagte ihr, dass er sich sehr auf das Wiedersehen freue und dass er der alten Dame vom Straßenrand sehr, sehr zu Dank verpflichtet sei, da sie ja zu allem die Ursache wäre. Und sie? Sie strahlte ihn einfach nur an, mit ihrem schönsten Lächeln - mit den Grübchen im Gesicht!

Wie gut dieser Tag doch begonnen hat, mussten die Beiden immer wieder denken, während sie ihre Arbeit verrichteten, die ihnen heute irgendwie leichter von der Hand ging.

Wolfgang Haas

Alltags-*Romantik*?

Telefonanrufe

Schon wieder klingelte das Telefon! Mike hatte es sich in seinem Sessel bequem gemacht und las in der Tageszeitung. Er war sehr spät von der Arbeit nach Hause gekommen und wollte sich jetzt innerlich einfach nur „herunterfahren". In der Firma konnte er am Abend eine dringende und wichtige Aufgabe mit Erfolg abschließen; das bewirkte vorab schon eine gewisse Erleichterung. Und jetzt, das gute Bierchen, das er sich genehmigte, trug vollends zur Beruhigung bei.

Das Telefon hatte bereits schon vor wenigen Minuten geklingelt, aber es meldete sich niemand am anderen Ende der Leitung. Mike überlegte, ob er überhaupt aufstehen sollte. Wer könnte es jetzt sein? Seine Exfrau bestimmt nicht; sie suchte keinen Kontakt mehr mit ihm. Seine Eltern sicherlich auch nicht; sie rufen um diese Zeit eigentlich nie an. Kinder hatte er keine. Schließlich nahm er doch den Hörer in die Hand. „Hallo!" - es blieb wieder still. „Hallo, ist da jemand?" Endlich eine Stimme, war es eine Frauenstimme? „Ja, hallo, ist dort die Telefon-Nr. soundso?" „Nein, tut mir leid." „Oh, Entschuldigung, dann habe ich mich verwählt" und das Gespräch war auch schon beendet.

So ging es noch einmal nach kurzer Zeit. Beim vierten Klingeln beschied Mike die Anruferin dann etwas erbost: „Hören Sie mal, Sie können sich doch nicht ständig verwählen, das geht doch nicht." „Tu´ ich auch nicht", war ihre Antwort, „ich nehme immer die richtige Nummer und lande trotzdem stets bei Ihnen!" Mike zurück: „Wen wollen Sie überhaupt anrufen? Kann ich Ihnen irgendwie helfen? Was ist denn passiert?" „Ach, ich wollte nur meinen Bruder sprechen, aber wie Sie sehen, klappt das nicht, denn dauernd sind Sie am Apparat. Ob Sie mir helfen können, weiß ich nicht, glaube ich auch kaum. Meine Toilettenspülung hängt und das Wasser läuft und läuft. Den Handwerkernotdienst kann ich nicht erreichen." Mike fragte nach: „Ja, wo wohnen Sie denn eigentlich?" „Ich wohne in Harmstein." „Aber das ist doch mein Nachbarort! Hören Sie, wenn Sie wollen, komme ich schnell mit dem Auto vorbei. Bei solchen Problemen kenne ich mich einigermaßen aus. So etwas passiert bei meiner Toilettenspülung auch immer wieder." Die Anruferin: „Das kann ich doch nicht von Ihnen verlangen." Mike: „Doch, Sie können, Sie müssen sogar, sonst bekomme ich heute keine Ruhe mehr vor Ihnen", scherzte er. „Nennen Sie mir doch bitte noch schnell ihre Straße und Hausnummer."

Kurze Zeit später saß er im Wagen. Das wird wohl so ein älteres Frauchen sein, das nicht mehr so gut alleine zurechtkommt, überlegte er. Bald hatte er die Adresse erreicht. Er war gespannt, was ihn da erwartet. Er meldete sich an der Haussprechanlage: „Hallo, ich komme wegen der Toilettenspülung." Die Haustüre öffnete sich, er trat ein und - war wie vom Blitz getroffen: Vor ihm stand eine hübsche, jüngere Frau, gut gekleidet. „Entschuldigen Sie vielmals, jetzt habe ich Sie auch noch zu mir herbemüht und vermiese Ihnen sicherlich damit den Feierabend", meinte sie bedauernd. Mike schluckte erst ein paar Mal vor Verlegenheit. Er hatte ja etwas ganz anderes erwartet, als nun diese hübsche Person. „Ach, was sagen Sie da, ich bin doch ganz gerne gekommen. Hätte ich aber gewusst, wer mich hier erwartet, dann wäre es mir sicher noch leichter gefallen", war seine verschmitzte Antwort. „Aber jetzt, wo ist denn die Toilette mit der hängenden Spülung?" Aus dem Hintergrund hatte er bereits ein stark plätscherndes Geräusch wahrgenommen. „Kommen Sie bitte, ich gehe voraus." Da war auch schon die streikende Spülung. Er hängte die Druckplatte aus und entfernte das Abdeckblech. Dann spähte er in das Innere des Spülkastens. Bald sah er auch schon die Ursache der Störung: Ein Kipphebel hatte sich - aus welchem Grund auch immer - verkantet und blockierte die Mechanik. Mike griff ein paar Mal vorsichtig hin und konnte schließlich den Kipphebel in die richtige Lage bringen. Das Wasser hörte augenblicklich auf zu laufen und der Spültank füllte sich wieder.

Dann betätigte Mike zur Probe einige Male die Spülung: Funktion einwandfrei!

„Sie sind mein rettender Engel!", rief die Frau, „vielen Dank für Ihre Hilfe! Wie kann ich Ihnen das nur vergelten? Ach, ich war ja so aufgeregt, wegen der großen Wasserverschwendung. Aber nun ist die Störung zum Glück behoben - durch Sie." Mike wehrte ab: „Bitte, nicht übertreiben, erstens habe ich gerne geholfen und zweitens war ja die Katastrophe nicht so schlimm und drittens kam auch wirklich niemand zu Schaden." Darauf sie, ganz ernst: „Doch - ich - ich habe nämlich noch nichts gegessen, ich wollte mir eigentlich etwas Gutes kochen, aber nun ist alles richtig durcheinander gekommen. Haben Sie denn schon gegessen?" „Nein, nur ein Bierchen getrunken - ich wurde ja ständig durch das Telefon gestört." „Oh, das tut mir ja so leid, aber vielleicht kann ich das wieder gutmachen?" „Ja, dann kochen Sie halt etwas Feines für uns beide." Sie: „Das ist ein guter Vorschlag! Bitte haben Sie aber noch etwas Geduld, ich möchte mich erst schnell umziehen, denn so kann ich nicht in der Küche stehen."

Nach kurzer Zeit kam sie zurück in Jeans und schicker Tunika, das lange, dunkle Haar hochgesteckt: „So, jetzt kann es losgehen." Mike bewundernd: „Gut sehen Sie aus; hätte ich mir nicht einmal geträumt, heute noch hier, bei Ihnen, in der

Küche zu stehen und das alles nur wegen einer streikenden Toilettenspülung - vielen Dank an die Toilettenspülung!" Ihre Wangen röteten sich leicht. Beide mussten herzlich lachen. „Wissen Sie was", meinte dann die Hausfrau, „wir brauchen erst mal einen Aperitif" und drückte ihm eine Flasche Secco in die Hand. „Bitte öffnen und hier sind die Gläser." Mike schenkte ein. Als sie dann anstießen, sagte sie: „Also - ich bin Dunja und Sie und - Du?" „Ich bin Mike" und er fügte noch an: „Auf uns und auf die Wasserspülung, oder besser noch - auf Dein „tolles" Telefon."

Dunja bereitete einen wunderschönen Lachs mit Spagetti, dazu gab es einen bunten Salat. Als Getränk reichte sie einen würzigen, trockenen Weißwein. „Also - ich muss schon sagen, das Essen hast Du sehr fix und dazu auch noch recht schmackhaft gemacht. Hoffentlich weiß Deine Familie das zu schätzen." „Ich habe praktisch keine Familie. Gut, mein Bruder; er wohnt in der Nähe, er ist aber immer mit sich selbst sehr beschäftigt", sagte Dunja. „Und gibt es da keinen Mann?" „Hm, der hat sich gleich nach Südamerika abgesetzt, als er erfuhr, dass ich schwanger bin. Die Schwangerschaft war jedoch nur von kurzer Dauer; sie musste abgebrochen werden. Davon erfuhr mein Mann aber nichts. Egal - falls er jemals wiederkommt, werfe ich ihn hochkant raus!" Mike: „Das kann ich gut verstehen, denn meine Frau brannte mit einem Anderen durch. Sie hatte ihn im Freibad kennen gelernt, während ich bei der Arbeit war. Kinder gibt es nicht - so und jetzt wissen wir das Allerwichtigste voneinander"; er lächelte. Dann schaute er auf seine Armbanduhr. „Nun ist es aber höchste Zeit, dass ich gehe, es ist schon sehr spät. Schön war es hier - bei Dir! Ich würde Dich gerne bald wieder sehen, aber nur, wenn Du es auch willst. Oder soll ich so lange warten, bis die Toilettenspülung wieder streikt und dazu auch noch Dein Telefon falsch verbindet? Aber das wird sich bestimmt nie mehr so zutragen." „Nein, das wohl nicht, aber vielleicht arrangiere ich das alles gleich morgen wieder so", war Dunjas schelmische Antwort. „Toll, das wäre die Idee", meinte Mike, „wir könnten es jedoch auch einfacher haben - ich rufe Dich morgen an und dann verabreden wir uns auf das Wochenende. Aber diesmal bei mir - ich koche nämlich auch gar nicht so schlecht." Dunja: „Oh, darauf freue ich mich aber" und streichelte seine rechte Wange. Und Mike?: „Lieben Dank Dir und - tschüß bis morgen. Hoffentlich kann ich überhaupt sooo lange warten!", setzte er noch lachend hinzu und gab ihr einen zarten Kuss auf die Stirne.

Vorweihnachtliches

Sven hatte heute einen sehr guten Tag: Überraschend rief ihn sein Chef zu sich, um ihm für seinen engagierten Einsatz in der Firma zu danken. Dabei sagte er ihm gleich für das kommende Jahr, sozusagen als Ansporn, eine nicht unerhebliche Gehaltserhöhung zu. Gut gelaunt verließ Sven am Feierabend den Betrieb.

Auf dem Weg nach Hause bog er zum Supermarkt ab, um dort noch etwas einzukaufen, was er für die Bereitung des Abendessens brauchte. Bald hatte er das Gewünschte zusammen und stand auch schon an der Kasse. Direkt vor ihm legte gerade eine alte Dame ihren Einkauf auf das Band. Gleich darauf zog die Verkäuferin die Waren über den Scanner und nannte die Geldsumme. Die Dame kramte in ihrer Handtasche nach dem Portemonnaie und - fand es nicht. „Oh", meinte sie entschuldigend, „ich glaube, das liegt noch zu Hause auf dem Küchentisch. Was mache ich jetzt bloß?" Sie schaute hilflos um sich. Da hörte sich Sven ganz automatisch sagen: „Seien Sie nur ganz ruhig, ich strecke Ihnen den Betrag vor oder - noch besser, ich schenke Ihnen die Geldsumme. Sie müssen nämlich wissen, ich habe heute ganz unverhofft eine Gehaltserhöhung bekommen und - Weihnachten ist nicht mehr weit, da möchte ich jetzt einfach etwas Gutes tun." Inzwischen war es um die Beiden herum immer stiller geworden, denn die Kunden, die in der Nähe standen, hatten den Vorgang mitbekommen und hörten schmunzelnd zu. Und jetzt, als Sven den Geldbetrag beglich, applaudierten sie anerkennend. Die Dame schaute auf und lächelte etwas verunsichert.

Nachdem Sven seinen eigenen Einkauf auch bezahlt hatte, begleitete er die Dame zum Ausgang. Huch! - es hatte zu regnen begonnen. Da machte Sven der Dame ein Angebot: „Wissen Sie was? Nachdem wir uns jetzt „so gut kennen", kann ich Sie unmöglich durch den Regen nach Hause laufen lassen. Ich bringe Sie heim - falls es Ihnen recht ist? Ich würde das gerne tun; es würde mir eine Freude bereiten." Die Dame konnte es ihm nicht ausreden und willigte schließlich ein. Also fuhren sie zusammen los. Unterwegs erzählte sie ihm, dass zu Hause ihre Enkelin auf sie wartete, ein Mädchen von 12 Jahren. Die würde aber Augen machen, wenn sie mit einem Chauffeur ankäme. Ihre Enkelin blieb ab und zu über Nacht, damit die Oma nicht so oft alleine sei, gab das Mädchen als Grund an. Sie liebe das Kind über alles, besonders, weil es so anhänglich wäre. Laura, so ihr Name, sei das einzige Kind ihrer Tochter. Ihre Tochter würde wieder alleine leben, nachdem ihr Mann vor einigen Jahren einfach nicht mehr von der Arbeit nach Hause gekommen war. Eines Tages hätte sie dann einen Brief erhalten, worin er sich für sein Vorgehen entschuldigte und ihr mitteilte, dass er jetzt in Mittelamerika eine Bleibe gefunden habe - aber er wäre nicht wegen einer Frau weggegangen. Nein, er hätte einfach das völlig durchorganisierte Leben, hier in Deutschland, satt gehabt. Es sei ihm alles zu eng geworden. „Tja", schloss die Dame, „was soll man dazu sagen?"

Und da waren sie auch schon vor dem Haus der Mitfahrerin angekommen. Sie stieg aus und klingelte. Das Kind meldete sich über die Sprechanlage. Die Dame sprach einige erklärende Worte - so reimte Sven sich das wenigstens zusammen - und die Haustüre ging auf. Dann kam die Frau zum Auto zurück und bat ihn, doch noch mit nach oben zu kommen, sie würde einen Punsch machen; den könnten sie sicher jetzt alle gut gebrauchen. Nun - er traute sich einfach nicht, ihr dieses Angebot auszuschlagen.

Die Dame - die Oma - stellte ihm ihre Enkelin vor. Es war ein hübsches Kind, mit großen, fragenden Augen. Sven wurde gebeten Platz zu nehmen. Bald war der Punsch fertig und sie schlürften das heiße Getränk. Das tat richtig gut, nach der Kälte, draußen, auf der Straße. Dann erzählte die Oma ihrer Enkelin wie es ihr heute Abend ergangen war. Das Kind schaute Sven bewundernd an und ließ ihn auch nicht mehr aus den Augen, als er von sich und seinem Leben sprach. Er sei alleine, aber er käme ganz gut zurecht, vor allem auch, weil ihn seine Arbeit richtig ausfüllen würde. Da blickte Laura ganz unvermittelt zur Großmutter hin und sagte kindlich unbefangen: „Oma, was meinst Du, wir könnten Heiligabend doch zusammen verbringen, wir drei und meine Mama. Das wäre wunderschön!" Oma wurde etwas verlegen; Sven merkte das. Er hörte in sich hinein und sagte dann: „Ja, wenn Deine Oma und Deine Mama nichts dagegen haben, dann bin ich gerne dabei." Die Oma stimmte zu und Laura strahlte: „Das wird toll - wir feiern zusammen!" Bei Svens Verabschiedung tauschte man dann schnell die Telefonnummern aus, um sich noch endgültig absprechen zu können.

Und wie geht es weiter? Mama war nach einigem Zögern auch einverstanden und so feierten sie - bei einem feinen Essen und guter Unterhaltung - den allerschönsten Heiligabend. Sven und Laura hatten sich schnell lieb gewonnen. Das bemerkte natürlich Lauras Mutter. Beim Abschied sagte sie zu ihm: „Sie müssen unbedingt bald wiederkommen - wegen Laura." Da entgegnete Sven: „Ja, ich komme gerne wieder - wegen Laura, aber - darf ich auch wegen Ihnen wieder kommen?" Da errötete sie leicht und antwortete leise: „Auch wegen mir." Sie hatte den Abend über Sven immer wieder beobachtet, wie er mit ihrer Mutter und mit Laura sprach und fand ihn sehr

sympathisch und angenehm. Und Sven? Er empfand auch für sie große Sympathie.

Beim Abschied wurde gleich das nächste
Treffen vereinbart: Silvester wollten sie auch zusammen feiern. Laura jubelte! Und ihre Mutti
freute sich ebenfalls. Und Sven? Klar, genauso!